壞到盡頭

CHAPTER 1

愛到盡頭

CHAPTER 2

CHAPTER 3

CHAPTER 4

余迪偉　迪迪的DIARY ③ 曳到盡頭

ART DIRECTION : GRAPHIXRED assisted by ROSALINA LAU

PHOTOGRAPHY : MATT HUI @ SUGARSUGAR PRODUCTION

HAIR : KENNY CHAN HAIR

MAKE UP : ECHO MAKE UP

LOVE

曳——是與生俱來的？

CHAPTER 1

壞到盡頭_

整蠱事件簿

#陳冠希 #壞孩子的天空

早前上了一個電視節目做宣傳，節目中我被其中一位好拍檔數臭我當年在他年輕時整蠱他的舊事。重聽之下，記憶重現，原來也幾搞笑。

我忽然想到，我從未試過用文字記錄這些惡搞朋友的往事。不如就由這一篇開始記錄，將來如果出版《余迪偉紀念冊》，也可以有一些黑歷史記載。

我想，我喜歡整蠱人這個習慣，應該是源於我童年的家庭環境。家中七兄弟姊妹，年齡差距大，所以由小到大玩的玩具、活動、朋友的年齡層等都不盡相同。而我相信，在家中時常出現，大家玩得來又無代溝，最樂此不疲的活動，就是互相整蠱。

這件事發生在我小學一、二年級的暑假。那天我們幾個小孩在家中百無聊賴，父母和親戚在客廳打麻雀。突然，排行中間的那位家姐提議拿大家姐的化妝品來玩。於是她把二哥的臉塗得鬼五馬六，還偷了大家姐的衣服讓他穿上，甚至戴上她那些不知哪來的假髮和髮飾。裝扮完成後，大家都覺得二哥神似大家姐，我們在房間裏笑到失控！

媽媽在客廳聽到我們在房間內吵吵嚷嚷，就大聲問我們在做什麼。我們馬上收聲，答她：「冇嘢，喺度玩咋嘛！」

這時，不知哪個家姐提出一個鬼主意，叫偽裝成大家姐的二哥走出房間到廚房拿杯水，看看大人們能否認得出他。二哥照做，若無其事地走出房間，經過客廳，走入廚房了倒了一杯水，然後走回房。

此處要說明一下當時屋內的格局：從客房到廚房，要經過一條狹窄短小的通道，而這條通道可以被坐在客廳麻雀枱的人看到。當時坐在麻雀枱，而又看到通道連接廚房位置的人，應該只有媽媽一個。

果不其然，二哥剛回房不久，我們就聽到媽媽在客廳的大叫：「咦？阿邊個（大家姐個名），你點解返咗嚟我都唔知嘅？唔係話今晚去街唔返嚟食飯咩？你留唔留低食飯啊？食嘅話落去買餸喎！」

我們幾個小孩在房裏忍笑，捂着嘴巴，假裝聽不到媽媽的話。

這時，細家姐另有鬼主意，當時我們不知她葫蘆裏賣什麼藥，總之她發號施令，吩咐二哥換回原來的衣服和卸妝，二哥也馬上照辦。十幾分鐘後，他已恢復原貌，變回男孩子。細家姐叫我們全部人假裝在房間裏做功課……

我猜媽媽打完四圈後就走進房間。她打開房門之後，神情有點愕然。我們當時的演技真的非常精湛，一點笑容也沒有。二哥更厲害，淡然地問媽媽：「做乜嘢啊？打完麻雀喇咩？」媽媽說：「冇嘢啊，睇吓你哋幾個嘢搞乜鬼咋嘛！」然後她就關門離開！

我們當然在房裏大笑，但還是不敢發出笑聲。

我不記得後來有沒有跟媽媽解釋這個謎團，總之當晚吃飯時，爸爸和親戚們都沒有提起見過大家姐這回事。我猜，媽媽返回麻雀枱後，也沒有膽量說出自己剛才見到的「東西」，或許她懷疑自己曾經見鬼！

媽媽在世時我沒有記起這件事，現在她已經離世多年啦，下次去拜祭媽媽時，是否該告訴她這段往事呢？

整蠱事件簿2

#軟硬天師 #好兄弟

有一年的農曆新年，我和幾位家人去了成都的廣元玩了幾天，回程時發生了一件事。

話說我們那天抵達香港時只是早上十一點多，有人提議在機場酒店附近找一間中菜館飲茶，我們一行幾人便推着大大小小的行李，步行前往茶樓。

走到中途，哥哥看到旁邊有洗手間，就叫我幫他看守行李，然後自己去廁所，我便站在原地照他的說話做。我有點衰格，就像有過度活躍症，一停下來就總是想找些事情來做。我看着行李車上的行李，就無意識地、很無聊地，把哥哥那兩個行李箱手柄上的兩條由航空公司綁上的行李標籤帶撕了下來，然後把它們綁到他的背囊上。完事後，我見哥哥還未從洗手間出來，便又把自己的兩個行李箱手柄上的標籤帶，綁到自己的背囊上。

我做這些事的時候，完全沒有意識，只是因為站着無聊，就讓雙手找些東西來玩！

哥哥從洗手間出來後，當然沒有察覺任何異樣，我也沒有表示自己做過任何事，因為我根本不覺得自己做了什麼。那我們就繼續前往茶樓。

當我們在茶樓吃完點心，準備背起背囊拿回行李的時候，哥哥突然說：「點解我個背囊會多咗兩條原本喺行李度嘅標籤帶嘅？冇理由喎，我哋兩個行李係寄艙㗎，點解兩條帶會圈咗喺我個背囊度嘅？我個背囊明明係孭咗上機喎！」

當時我看到他滿臉疑惑的神情，加上萬分不解的語氣，內心的惡魔當然立即跑出來。我裝模作樣地看了一眼自己的背囊，然後輕描淡寫地說：

「咦！係喎！我個背囊都圈住兩條寄艙行李嘅標籤帶喎！冇理由㗎，航空公司嘅職員幾時搞嘅呢。啊！可能係我哋攞完行李之後等緊出境嘅時候，嗰啲航空公司職員做嘅。」

我哥哥立即說：「冇理由嘅，佢哋搞嚟做乜啫。再者，我哋攞完行李之後，啲行李都冇假手於任何人，航空公司職員點會有時間做到呢啲嘢喎？同埋，佢哋如果要做，咪好鬼麻煩……」我馬上接話：「咁我就唔知嚕！」

這時，我家姐的女兒，也就是我外甥女，看到我們兩個不知在討論什麼，就走過來問我們。哥哥和盤托出整件事的來龍去脈，還叫外甥女借她的背囊來，看看有沒有兩條行李標籤帶。

這時，外甥女看了我一眼，然後報以一個輕描淡寫的微笑！那一刻，我們立即心領神會，然後看着對方大笑起來。哥哥看到之後，用凌厲的眼神瞪着我，然後打了我的背一下。我說：「阿哥，你識咗我咁多年，我又同你生活過咁多年，原來外甥女比你仲了解我……原來你真係好蠢！」

然後我們全家人一起哈哈大笑！

整蠱事件簿3

#林一峰 #一支煙的時間

這篇繼續講述我以前整蠱人的歷史。正如前文所述，我要用文字記錄一些黑歷史，在將來的紀念冊裏記載嘛！

事情發生在很多年前，當時香港的辦公室仍然可以吸煙。有一次，我跟幾位藝人到外面的錄音室錄音，有人想在錄音房內吸煙，但大家都沒有打火機。由於我與錄音室Panel的控制員相熟，我就在錄音房裏按了通話鍵，跟Panel那邊的年輕人說：「你有冇Tafuski？」同時我做了一個使用打火機的手勢給他看。他看到這個動作，當然明白我們想要什麼。（對，那段時期我經常跟朋友開玩笑，將一些中文詞語加上俄羅斯語口音，例如將「打火機」直譯成英文讀音，再用俄羅斯口音發音，變成Tafuski。）

那位年輕人拿着打火機走進來錄音房，對我說：「乜火機嘅英文唔係叫做Lighter咩？」那一刻我才想起，原來我剛才說了「Tafuski」這個詞。

在這個情況下，以我的性格當然不會放過這個機會，便順口開河，即席編了一個故事對年輕人說：「美國呢，打火機就叫做Lighter，英國人呢就叫佢做Tafuski，佢同埋煙灰缸係一套㗎喎。煙灰缸，美國人叫做Ashtray，英國人就叫做Yinfuskong。咁點解英國人講嘅打火機同煙灰缸嘅英文都好似係中文咁嘅呢？又有另一個故仔㗎喎！話說當年打火機同煙灰缸呢一套嘢，係俄羅斯人發明嘅，咁俄羅斯文就唔知點講啦，後來呢一套嘢就傳咗入中國，中國人就用返中文嚟講佢哋嘅名，（國語）打火機同煙灰缸啦，而後來又夾雜咗啲俄羅斯文入去，所以就變成咁樣講喇。後來又唔知過咗幾多年，中國人又將呢一套嘢傳咗入英國，咁從此係英國人口裏面講嘅打火機同煙灰缸，就變成好似俄羅斯文加中文咁樣講囉。」

當時錄音房裏的其他人，背着我裝作玩手機、聊天，但我用眼角餘光看到他們的肩膀不停地顫抖！

當那位年輕人用信任的眼神看着我時，我其實很想笑，但我依然秉承我一貫作風，沒有笑出來。

當日錄音結束後，那位年輕人正準備問我一些問題。我以為過了十多分鐘後他已經發現了真相，結果他竟然問我打火機和煙灰缸在英國是怎樣叫的，叫我再教他一次。我當然照樣教他「Tafuski」、「Yinfuskong」啦。

大約一年後，那位年輕人已經不在那間錄音室工作。有一天我們在工作場合重遇，他對我說他早前去了英國探望女朋友，他在酒吧和餐廳裏問侍應要 Tafuski或者Yinfuskong，但沒有人聽得懂。他問女朋友，她也不知道那是什麼意思。

因為事隔太久，我都忘了曾經整蠱他，而模仿俄羅斯口音這玩意也在我的朋友群中消失了很久。所以他講了一陣子，我才記起他在說什麼。然後我回答他：「哦！可能好多新一代嘅人已經唔識呢兩個字㗎喇，應該係啲舊一代老派嘅人先仲用呢兩個字嘅……」

事隔多年，不知道他現在是否已經知道真相呢？

整蠱事件簿4

#Twins #士多啤梨蘋果橙

這篇將繼續講我以前整蠱人的歷史。

很多年前，我剛剛回流香港的時候，認識了一位新朋友，後來我們變得非常要好，直到今天。最近跟他重提我們剛認識時的一段往事，大家都覺得啼笑皆非。

話說他當時住得很遠，因為經常過來我家玩，所以一星期有三、四天都會在我家過夜。那時我很喜歡晚上做一大盤水果拼盤，然後和他兩個人邊看電視邊吃。那盤水果拼盤，我通常把香蕉、蘋果、梨、橙、士多啤梨等切成一粒粒，再加上原味乳酪拌在一起吃，就是這麼簡單。

幾個月之後，他交了一位男朋友，男朋友二十多歲，他過來玩時也經常在我家過夜，亦當我和朋友二人是大哥哥。因為我在外國住過很多年，加上我時常買一些偏西式的食物回家，他總覺得很新奇、很有趣、很好吃。

某一晚，我如常和朋友在廚房切水果粒時，那位男朋友走進廚房。他看到我們在切水果，就好奇地問這是什麼一回事。我說我們正在準備水果拼盤，待會可以大家一起吃。然後我突然看到他用有點好奇的眼神，看着旁邊那一大桶原味乳酪。在他開口問我前，我就對他說：「係呀，一陣間將所有生果切晒粒粒之後，我就會撈埋呢啲乳酪落去㗎喇。」

他立即問我：「咁樣食生果會好味啲嘅咩？」當時看到他那副天真無邪的樣子，我內心的惡魔當然跑出來了。我繼續說：「係呀，咁樣食，好好味之餘，仲好有益添，我通常加完乳酪之後會再加啲鹽、黑胡椒粉、少少豉油、再加一隻生蛋……呀，有啲外國人仲鍾意加埋喼汁添㗎，不過你男朋友就唔鍾意嘅，如果你鍾意，可以試吓㗎！」

當時我朋友正背着我切水果，他聽到我們的對話，知道我又在胡說八道。我看到他的肩膀不停上下抖動，正在忍笑，但他一句話也沒說。我繼續對那位年輕男朋友說：「你去雪櫃攞隻雞蛋出嚟打落個碗度，然後加埋我頭先講嗰咋材料落去，然後發咗隻蛋佢，發好之後撈埋啲生果粒一齊食啦。」我講完之後，便逃離現場，走到客廳看着魚缸不停偷笑。

那個男朋友留在廚房，照我說的方法去做。我看到他加鹽、黑椒粒、豉油和喼汁等到那個有雞蛋的碗裏，然後他打發雞蛋，正準備將整碗東西倒進那大盤水果粒裏的時候，他男朋友馬上拿起那盤水果，阻止他加進去，然後說：「你加咗喼汁落去我唔鍾意㗎！你不如夾幾粒生果落細碗嗰隻蛋度，然後再加啲乳酪落去撈埋，睇吓你鍾唔鍾意食先啦……」

他照做，先吃了一粒香蕉，他說味道很奇怪，又甜又酸，有點苦又有點辣，又有點腥。然後我說：「你試吓蘋果、橙，同埋其他生果先啦，可能你覺得嗰啲生果啲味會夾啲㗎……」

於是他試了所有水果粒，然後我問他：「你覺得邊種生果最夾呢？」他說：「好似係香蕉最夾囉，但係都唔好味嘅！」

我和朋友立即爆笑！他這時才知道又被我們兩個整蠱了！他跑到鋅盆前把嘴裏剩下的水果全都吐了出來！

死喇，我愈寫以往整蠱人的故事，就愈覺得自己罪孽深重……但那又如何呢！

整蠱事件簿5

#Adele #WhenWeWereYoung

疫情期間有一段時間，我和我的歌唱老師兼好友李浩森，經常在星期一晚做完節目後開直播，喝點酒，跟粉絲聊聊天、唱唱歌。

其中一晚，我們兩個正在唱歌時，有一位朋友來了。他聽到我們唱一首英文歌，就說他沒聽過這首歌，覺得非常好聽。我聽到他的評語，又得知他從沒聽過這首歌，我內心的惡魔立即跑了出來，馬上對他說：「你突然間過咗嚟，可唔可以當自己冇聽過呢隻歌？因為呢隻歌係李浩森寫，我填詞嘅。」當時李浩森聽到我這樣說，立刻知道我又在搗亂，不過他一定會更加配合啦。

我繼續說：「點解我叫你唔好當自己聽過呢首歌呢，因為呢首歌嘅版權，我哋仲喺度傾緊，我哋想賣呢首歌出去。我已經俾王菀之聽過，佢初步表示好有興趣，所以我會再同佢傾。」

那位朋友完全相信我的說話，然後繼續聽我們唱歌。

我們再次唱的時候，李浩森很懂得配合我的惡作劇，在一旁不斷說這裏的音、那裏的字要改一下之類。所以那位朋友完全信以為真。

然後朋友開始問我，為什麼能寫出這麼動人又富美感的歌詞。我當時覺得這是我發揮即興創作和演技的時候了，於是我講了一個半真半假的初戀故事給他聽。半真——是以我親身經歷過的戀愛經驗作藍本；半假——是我根據那份歌詞創作出來，用來形容當年與對方的故事：You look like a movie, you look like a song……我們年輕時很青澀，曾經面對出國離別的情況；我曾經非常害怕面對自己的恐懼，我們曾經以為會一起終老……It was just like a movie, it was just like a song——完全將歌詞融入我的故事裏。

是的，那首歌其實是Adele的 *When We Were Young*。

他聽完這首歌的故事背景後，差點感動得流淚……

有時整蠱人也要有天時地利人和，我第二天剛好真的約了王菀之吃飯。那位朋友就自然以為那餐飯是為了商討關於這首歌的事情。

我吃完飯後，他馬上問我談得怎樣。我起初還不知道他在說什麼，因為我已經忘了前一晚我騙過他這件事。我反問他：「咩傾成點啊？」他說：「首歌啊！」我當時如夢初醒，馬上說得到非常正面的回應，她會再跟公司商量，應該沒有什麼問題了。

過了大概一兩個月，突然有一晚，那位被騙的朋友WhatsApp我，問我那首歌的版權是否出了問題。我反問：「咩歌啊？咩事啊？」他說剛剛在一間西餐廳吃飯，聽到餐廳正在播放我那首歌，他不知道是否被人偷去唱了，很擔心那首歌的版權問題。

我說：「咩歌啊？你講緊乜嘢啊？」（很明顯，我又忘了曾經騙過他什麼了！）他說：「我喺間餐廳度聽緊你之前話賣俾王菀之嗰首歌呀！」我當時立即回想起來，回覆他：「係咩？邊個唱㗎？」

幾分鐘後，他應該用手機找到真相，所以我再收到他的WhatsApp訊息，就是一大堆粗口字！

走失的蛇

#容祖兒 #開動快樂

我曾經提過自己養過許多不同種類的寵物。忽然之間，我想起了其中一隻寵物的故事——就是我曾經養過的一條蛇！

那時我年紀尚小，晚上和幾位朋友在廟街閒逛。是的，就是廟街。那時我無端端看到路中心有個臨時攤檔，有很多人圍觀，我們幾個人便一起過去看看發生什麼事。仔細一看，原來那個攤檔售賣各種寵物，有小貓、小狗、龜，還有蛇。我最後看中了一條很細小的小蛇，不清楚是什麼品種。檔主叔叔說這條蛇沒有毒，亦沒有牙齒。小蛇蛇身大概一呎長，粗度如一支鉛筆，又幼又長。我覺得牠十分可愛，當時用了幾十元——已不記得確實金額，總之不算昂貴——便買了牠回家。

之後我買了一個魚缸，底部堆上沙子，放了幾根樹枝，加上一個水兜，再在魚缸上加了一塊網蓋着，防止牠爬出來。

就這樣，我父母和當時同住、未嫁未娶的阿哥家姐不斷責備我，為何無端端帶這條蛇回家！他們個個都很害怕。不過儘管害怕，這條小蛇畢竟是兒子、弟弟剛買回來的寵物，始終要尊重，只好勉強與牠共處一室。哈哈！

我養這條蛇一段時間後，牠的體型沒有明顯變大。你要知道，蛇要脫皮才可以成長，我看牠又未脫皮、沒有變大，這麼細小可愛，便經常從魚缸裏拿牠出來玩。因為牠沒有攻擊性，久而久之，我便由從魚缸裏拿牠出來，拿在手上把玩，變成帶牠出街與朋友一起玩。

這條小蛇非常可愛，帶牠去見朋友，不怕蛇的朋友都覺得牠很可愛，更把牠放在手上任由牠爬來爬去。這時，我已經養了這條蛇數個月，但家人並不知道我會帶牠出門。

直到有一天，我早上九點多外出，一直到了深夜仍未回家。那個年代還沒有Call機或手提電話，我回到家的時候，已是約凌晨一點。我用鎖匙打開家門，發現全家人還未睡覺，我覺得很奇怪。但最奇怪的，是客廳裏的沙發、櫃子、茶几等所有傢俬全都移位了。我一開門，他們全都望向我！一時之間我以為家裏剛經歷一場最強颱風、地震或龍捲風之類的大災難。我問他們發生了什麼事，為何要搬動所有傢俬。他們說：「養蛇個魚缸個網開咗一個缺口，你條蛇瓹咗出嚟，唔見咗啊，我哋搵緊佢喺邊，搵咗成晚都搵唔到佢！」

然後我慢慢從自己的背包中取出一個小罐，打開它，從罐中取出那條蛇，對他們說：「我今日攞咗條蛇出街玩啊！」就是這樣，余迪偉在一夜之間讓父母和阿哥家姐氣得發瘋！

我至今仍覺得奇怪，為何父母與阿哥家姐能夠忍受有我這樣一個兒子和弟弟。現在回想起來，如果我有一個這樣的兒子和弟弟，在他年幼時我就會這樣做：（扮阿婆聲）「啊，阿二姑啊，你咪話村口嗰個叉燒強生唔到仔嘅，嗱，我屋企多咗個啊，你攞個去養啦，俾佢！」

美麗的謊言

#陳奕迅 #美麗謊言

我想繼續分享我童年養寵物的故事。

如前所述，我小時候幾乎什麼寵物都養過。其中一個故事是關於一隻小雞。

那時候我還在讀小學，應該是一、二年級，讀下午班。如果上午已經做完功課，我就會跟媽媽一起到街市買菜。突然有一天，我發現街市新開了一個小攤檔，賣小雞和小鴨。我覺得牠們非常可愛，於是央求媽媽買一隻給我回家飼養。媽媽當然拒絕，因為以我小時候的往績——養過不少小動物，全都養死了——她當然不會那麼輕易答應。如是者，我每天不停央求她，但她始終無動於衷！

直到某天，在我不斷央求下，媽媽說如果我考試拿到一百分，就買一隻小雞給我。終於我考到九十幾分，媽媽還是堅持沒有一百分就不准養！我又哭又求，媽媽依舊不為所動。

第二天早上，我在家做功課，沒有跟媽媽去街市。當她買完菜回來按門鈴，我去開門時，竟然聽到小雞的叫聲！我開心得不得了，一邊擁抱媽媽一邊親她。

我非常喜歡那隻小雞，整天抱着牠玩，一天到晚看着牠，吃飯時又要放牠在餐桌上，全家人當然叱責我。到了晚上我也捨不得睡，還是一直看着牠。我還整天餵牠吃東西，但牠什麼都沒吃。就這樣過了幾天，牠依然什麼都不吃，我非常擔心。而且我還記得那段時間天氣突然轉冷，我找了一條毛巾把小雞包起來，怕牠着涼。現在回想起來，那時候我根本不懂怎麼養牠。

過了差不多一個星期，小雞仍然沒進食，我更擔心了。就在這時候，表妹一家來我家吃飯。她看到小雞覺得牠很可愛，便和我一起把玩牠。表妹用飯餵小雞，牠竟然開口吃了！表妹整晚不停餵牠，還在我家留宿。

第二天一早，表妹說不如讓她把小雞帶回家寄養。我當然萬般捨不得，但經過前一晚，我眼見小雞在她面前願意吃東西，就打算割愛，讓表妹帶牠回家。我心想待表妹養大牠時，我再接牠回來就好了。那時年紀小，當然這樣想啦！

誰知過了幾個星期，我去表妹家探望小雞，牠真的長大了很多，還不斷吃東西。我原本想把小雞帶回家，但見小雞長大了，生活得那麼開心，又怕牠回到我家後又不肯吃東西，於是我把牠送給表妹了。

表妹擅長飼養寵物，比我厲害得多。記得有一次我和表妹、姨媽、媽媽一起行街，兩位媽媽各自買了一隻巴西龜給我們。我那隻很快就死了，但表妹那隻養得很健壯。又試過一次，我和表妹在她家玩姨媽新買給她的小鴨。我記得把小鴨放進水盆讓牠游泳時，我們玩得很開心，覺得小鴨懂得游泳是很過癮的事。表妹將牠由小鴨養到變成老鴨，我還經常去她家餵飼牠。後來表妹告訴我，有一天放學回家，姨媽說鴨子走失了，不知道去了哪裏。就這樣，表妹與那隻鴨子永別了。

說回我那隻小雞，表妹養得牠肥肥白白，變成一隻大公雞，每天早上在家啼叫，吵得全家人嫌牠煩。然後有一天，表妹放學回家，發現雞不見了，姨媽又說牠走失了。表妹雖然很傷心，但也無可奈何。

多年後，我已經升上中學，某次和姨媽、表哥、表姐聊起我和表妹小時候養的那隻小鴨和小雞的故事，真相終於揭曉——當年姨媽說鴨走失的那天，家裏多了一鍋老鴨湯；她說雞不見的那天，家裏就多了一鍋老雞湯……

從我童年這段寵物的回憶可知，寵物，對孩子來說，就是寵物；但對大人來說——你大概已經猜得到是什麼一回事啦！

玩物喪志

#Swing #就當我未玩夠

我想繼續分享我童年養寵物的故事。

什麼寵物都養過的我，養過的其中一種鳥，名為「彩鳳」。牠們很美麗，色彩繽紛，像是一隻體型小小的鸚鵡。我已經記不清當年那對彩鳳是哪位親戚養的，後來嫌牠們吵鬧，於是轉贈給我。總之那對彩鳳一定不是家人買給我的，因為當時我經常養死寵物，家人絕對不會買給我。

那時我大概讀中一。自從小學時養過一隻小雞，後來把牠送給表妹之後，我終於再有機會飼養一對小鳥。我當然非常興奮，整日陪伴牠們，每天早上上學前，我都會走到陽台清理牠們的糞便、添加雀粟、換水等；放學回家後，便目不轉睛地注視着牠們幾個小時；吃飯時又要將鳥籠放在腳邊，看着牠們我才肯吃飯；到了晚上，我又不肯睡覺，只顧看着牠們，總覺得很好看。如此下去，理所當然地，我經常無法交齊功課，測驗考試成績又不合格，簡直是無心向學。

大約一兩個月後，爸爸終於忍受不了，對我大發雷霆，指摘我不應為了兩隻雀鳥而荒廢學業。他說如果我繼續這樣，他就會把牠們送給別人。我被爸爸責備和威脅，當然忍不住放聲大哭。慈母又多敗兒啦，媽媽又來勸我、安撫我。

過了不久，有一天放學回家，我立刻跑到陽台想看看那對雀鳥，竟發現鳥籠的門打開了，而一對雀鳥不見蹤影！我心知不妙，認定是爸爸打開籠門讓牠們飛走！我放聲痛哭，蹲在陽台不知所措。就在此時，我突然聽到鳥鳴聲，抬頭一看就見到那對雀鳥。牠們離開了鳥籠，但那兩隻雀鳥沒有飛走，正站陽台的欄杆上啼叫。

我立刻止住眼淚，跳起身來，捉住牠們放回鳥籠。就這樣，我失而復得！

然後發生了什麼事呢？我對爸爸十分生氣，整整幾個星期都不理他。媽媽見情況嚴峻，某日就走過來與我聊天，勸我不要再生爸爸的氣，爸爸這樣做是為我好，因為我整天只顧着玩那對雀鳥。爸爸擔心我會變得像那些紈絝子弟或大天二般，終日只顧玩雀，荒廢學業；她又勸我應該將那對雀鳥轉贈他人……

聽完後，我覺得爸爸的想法很合理，媽媽也說得有道理，於是我就依依不捨地把那對雀鳥送給了一位親戚或同學，是誰我已經記不清了。

回想起這段經歷，若我有一個像當年的自己那樣的孩子，我也不知怎麼辦！父母當時的處理手法未必最好，但他們選用的方法，對當時的余迪偉來說也算是合適。至少我當時體會到什麼叫「玩物喪志」！

直到今天，我仍然記得這個故事，每當我過於沉迷某種玩意，以致影響日常生活時，我都學懂了如何抽身。真心感謝我的父母，在我年紀尚小的時候，給了我一段如此深刻的經歷！

責任感

#陳奕迅 #阿貓阿狗

最近不知為何想起很多童年時飼養寵物的故事。這一篇我想繼續分享我小時候的另一隻寵物——白老鼠！

那時候大約是中二下學期，不記得是哪位朋友或親戚送了我一隻白老鼠，牠雙眼紅色，非常可愛。不過我幾乎所有家人都怕老鼠，所以他們千叮萬囑，我不可以把籠放進屋內，只能在陽台飼養牠。

其實當時我身邊已經有很多寵物了，自家書店中有兩隻狗和大約四隻貓；至於家裏，則有兩個魚缸，一個放在客廳，是養金魚的——嚴格來說那並不屬於我的，好似是因為爸爸某位自稱略懂風水的朋友，建議他要在客廳擺一缸魚，於是爸爸就養了一缸金魚，而這些金魚全都是一個在上水開熱帶魚和金魚魚場的親戚送的。另外一個魚缸則放我自己養的魚，比客廳那缸大。這魚缸放在陽台上，由我打理，主要養熱帶魚。同時家中還有前篇說過，後來被迫送給別人的一對彩鳳。大致就是那麼多寵物。那時候是中二學期末，我念完那個學期，到升中三的時候，由於家中個個阿哥家姐都已畢業，只剩我仍在學，因此我在家人的安排下，半被迫、半自願地轉讀港島區的一間寄宿學校。

那我飼養的這些寵物如何呢？只好請阿哥家姐幫我餵魚、澆花。是的，我除了養寵物，還自行照顧很多盆植物。而白老鼠呢？因為大家都不想碰牠，我只好央求媽媽幫我餵牠，並清理糞便、更換籠底的墊材。

就這樣，我輕鬆地展開了寄宿生活。當時的寄宿學校允許學生選擇每周或每兩周回家一次度過周末。貪玩又記掛家人、朋友的我，當然是每個周末都回家！每次回家，我都會盡心盡力地打理我的植物和魚缸，因為阿哥家姐真的沒有心機和時間替我悉心照顧牠們。

如是者，過了一年，我終於讀完了那一年的寄宿學校。原來我很不喜歡寄宿，因為沒有自由！每天只是上學放學、埋頭苦幹讀書。雖然我的成績很好，但我覺得失去自己的生活，所以就與家人申請做走讀生，最終成功！於是中四開始，我每天長途跋涉，從觀塘去港島上學讀中四。

說回我的寵物。中四時，有一位同學家中養了一對葵鼠。有一次我去他家玩那對葵鼠後，很喜歡牠們，於是回家後便開始向媽媽撒嬌，叫她買一對給我。

怎料媽媽非常堅定地拒絕了。她說：「養寵物係要有好多責任心㗎，你記唔記得你之前養嗰隻白老鼠仔後尾點啊？」啊，那時我才想起，我中三時就讀寄宿學校，叫家人幫我照顧那隻白老鼠，但我完全忘記了牠！媽媽說：「嗰時你讀緊寄宿學校，每個禮拜尾都返嚟屋企，但係你只係記得照顧你嗰啲植物同埋嗰缸魚，完全冇理過嗰隻白老鼠仔。嗰時我覺得你根本都唔記得自己養咗隻白老鼠，跟住我就喺冇問過你之下，送咗隻白老鼠俾人。最得意係，你返到嚟屋企嘅時候，都冇問過我嗰隻白老鼠去咗邊，即係你根本唔記得咗隻白老鼠！」

我仍記得我當時很慚愧，也不敢再向媽媽提起我想買一對葵鼠！

是的！飼養動物與種植植物，是培養我們的責任感，白老鼠的經歷正好證明當時的我沒有這份責任感。最差的情況是你沒有這麼大的頭，就戴這麼大的帽，同一時間做這麼多事情，又要讀書，又經常到處遊玩，又想照顧一堆寵物和植物，根本分身乏術！

這件事，是媽媽教我的一課，我銘記於心！

儘管我非常喜歡貓貓狗狗，到現在我仍不敢輕易飼養，亦正是因為這個原因！

釣魚

#林海峰 #我得你得唔得

不知道從什麼候時開始，我喜歡上養熱帶魚。其中一個原因，可能是因為我從小開始有記憶以來，成長的那間房子，爸爸已經養了一缸所謂的風水魚。

那一缸魚是金魚和錦鯉。我記得，爸爸其實應該不太喜歡養魚，不過當年有個親戚從事觀賞魚批發，偶爾會免費送一些金魚給我們；另一方面，爸爸有個朋友自稱懂一些風水，他說家中某個方位要擺一缸金魚，指定要有幾多幾多條，如果死了一條就要補上一條。所以自此家中就有了那缸金魚。我還記得那缸金魚有很多種類，也有不同的顏色，分別是金色、橙色、紅色和黑色等等。

直到有一年，缸裏的兩條黑色金魚，在一兩個星期之內，從尾部開始逐漸變成全身金色。我當時覺得很神奇，每天觀察牠們的變化，並且每天向爸爸及阿哥家姐報告。

後來我爸爸那位自稱懂風水的朋友告訴他，這種現象非常好，代表家中將有好事發生或是發財什麼的。他還說，如果情況相反，金魚由金色變成黑色，就代表家中會有厄運，是凶兆。真是很神奇，那兩條本來黑色的金魚變成全金色後，爸爸說那段時間他炒金還是炒什麼，反正賺了很多錢。

我當時還很小，只記得這些。

以上故事與我接下來要說的故事沒有關係，唯一的關係是我想追溯我為什麼從小到大都這麼喜歡養魚，可能是從小時候家裏那缸魚開始。直到我現在自己住的這間房子裏，也養了三缸魚。其中兩個是生態缸，養了鯛魚和惡魔蟹，另一個比較大的是我的溪流魚魚缸。

上星期有一晚，一些沒見過我這個相對較新的溪流魚魚缸的朋友來我家喝酒，他們覺得很驚艷，對這個魚缸讚歎不已。我們整晚看着魚缸聊天，不亦樂乎。聊天時，其中一個朋友裝作有趣地問：「你有冇試過喺屋企個魚缸釣魚啊？」當大家都罵他瘋了的時候，我竟然說：「我真係試過！」

事緣還是我小時候那些鬼主意——小時候的我放學後經常看着金魚在魚缸裏游來游去，常常餵牠們吃紅蟲魚糧，牠們好像永遠吃不飽。金魚就是這樣。

突然有一天，我不知道看了什麼電視節目介紹釣魚活動，就有樣學樣，去廚房拿了一支筷子，然後在筷子頭綁了一條線，在線的另一端（我當時那麼小，當然找不到魚鈎）就把一個買衣服時勾着價錢牌的小小金色扣針綁上去，然後在扣針上勾着一條紅蟲和幾粒飯，丟入水中嘗試釣金魚。當金魚看到那條明顯的線和金色扣針，根本沒有理會我。

幾分鐘後，我不知道是阿哥、家姐還是媽媽、爸爸，見到我不知道在做什麼，眼睛直盯着魚缸。他們走過來一看，發現我居然在嘗試釣魚，便立刻制止我，還打了我一頓。

所以看電視節目和電影時，大家真的要注意家長指引的標示，有些節目真不適合小朋友看！不過話說回來，如果你的孩子像余迪偉那樣特別調皮，看完《冰雪奇緣》後，他回家後可能把所有冷氣開到最大，甚至打開雪櫃，任由冷氣不停吹出來，希望客廳變成《冰雪奇緣》的世界；又或者看《叮噹》、《芝麻街》這類節目，他又不知會看了什麼，有樣學樣，結果搞到世界末日！

CHAPTER 2

愛到盡頭_

Pay it Forward!

#WhitneyHouston #OneMomentInTime

早前，我在一個節目中接聽了一位聽眾Phone-in，我覺得內容相當有趣，很值得與大家分享。

當時奧運熱潮正盛，這位聽眾想分享他多年前作為一位運動員的故事——他當年十多歲，是某項運動的運動員（他不想透露自己從事哪一項運動，以免被人查出他的身分）。

他當年在那項運動中表現出色，學校的教練曾對他說，他有機會代表香港出國參加一項比賽。他聽到後當然非常興奮，但教練表示，儘管這場比賽得到政府資助，他仍需自行支付數萬元的費用才能參加。他並非來自富裕家庭，數萬元對他來說已是一個負擔。

他回家與父母商量，父母認為這是一次很難得的機會，不想兒子錯失這個可能一生只有一次的機遇。於是，媽媽便開始向親友借錢，讓他參賽。他當年看到這個情況，自覺參加這類比賽的機會，是留給家庭條件較富裕的人，他很想勸媽媽不要再問人借錢。同時，教練又對他說，如果他真的能代表香港出賽，但未能奪得任何獎項，回港後起碼會一段長時間不得再參與這項運動的比賽。

當時他認為這件事不太合理，我們幾位節目主持人也覺得制度不應該是這樣的。不過當然，這位聽眾並沒有把所有事實和盤托出，因為他不想有人秋後算帳。但話中暗示其實當年教練是想把出賽的機會，留給其他家境較好的學生！總之就涉及一些制度上的黑暗面。

他打電話來的原因，是因為大家觀看奧運賽事時，當然會為得獎者歡呼拍掌，但他希望大家看到運動員風光一面的同時，也可以多關注其他運動員，特別是一些名氣較小的運動員。因為每一位運動員都在背後付出無數的汗水與辛酸，都值得被尊重。他說，簡單如在IG上追蹤他們，讓更多人認識他們，這已經是最容易、最低限度的支持！

在電話的尾聲，他說自己現在只是一位普通文員，工作與運動毫無關係，但他仍然會捐款幫助那些從事他當年參與的那項運動的貧苦學生，支持他們。他覺得當年因為制度的不公和家庭經濟限制，令他錯失參加國際性盛大比賽的機會，是他人生中的一大遺憾。講到這裏，他更哭了起來。

我當時覺得他非常善良，也想安慰他，於是我向他講了以下的故事：

最近有一位朋友告訴我，過去一年他在工作上表現出色，亦得到了一些獎項。但可惜，當他人生有所成就時，他的父親已經離世，無法見證他的成功，這令他感到非常遺憾。

我對這位朋友說，人很容易會跌入一種「放大遺憾」的心理陷阱——你覺得遺憾的是爸爸看不到你的成就，但你又可否換個角度思考：你的爸爸在天上，一直看到你的努力，見證着你的成功。這並不是一個天馬行空的想法，因為沒有人能證實生命只存在於我們可以接觸到的這個實體世界，他的靈魂也許可以繼續存在。

然後我跟這位聽眾說：「雖然你覺得呢件事係你人生嘅一大憾事，但係換個角度諗吓，呢件事、呢個經歷，令到你長大之後，有能力嘅時候，出手幫助同你當年情況一樣嘅學生，呢啲咪就係宣揚大愛，Pay it forward嘅典範囉！你都要學懂俾啲掌聲自己，因為你已經識得咁樣做！」

說到底，我們不要輕易放大人生中的遺憾，反而要學懂將這些遺憾轉化為力量。因為，如果沒有當日的那件事，就不會有今天的你。

當時這位聽眾向我道謝，我亦希望我的真心話能幫到他。大家都要記住，不要輕易放大自己認為的「憾事」，因為這樣只會讓我們積累更多負面情緒。當我們學會將這些遺憾轉化為大愛，我們就會正面得多，人生也變得積極得多！

完美

#蕭敬騰 #不完美的我

有一次與幾位朋友聚會喝酒，閒聊間，有位朋友突然帶起一個話題：請大家說出覺得自己身體哪個部位最完美、最漂亮、最有吸引力，然後各人發表是否同意，並指出他們認為你哪一個部位最完美。

大家隨即七嘴八舌地說：「我覺得自己雙眼最靚……」「我覺得自己個鼻最靚……」「我反而覺得你個嘴係你全身最靚嘅一部分……」「你雙手直程可以做手模特兒……」

輪到我發表時，我說覺得自己雙眼算是最OK，都算大，雙眼皮又夠深等等。然後有位很嘴賤的朋友說：「我反而覺得你唔係雙眼最好——」那一刻，大家都靜下來，期待這位朋友將會說什麼。他續道：「我覺得余迪偉全身……佢嗰副眼鏡係最完美嘅！」

大家都笑不攏嘴。那一晚就在嘻嘻哈哈的歡笑聲中度過。

回家之後，我準備洗澡時，看着鏡中全裸的自己（沒有戴眼鏡），看着看着，心想：到底我身體有哪一部分可以稱得上是完美的呢？再仔細看，從頭髮、額頭、眼睛、鼻子、嘴巴、肩膀、手臂、手腕、手指、胸部、肚子、腰、臀、大腿、膝頭、小腿、腳踝、腳趾……原來真的沒有！是沒有！

然後，我對着鏡中的自己微微一笑，那為什麼我仍然懂得如此愛自己？相信只因我懂得擁抱自己所有的不完美，才成就了我今天覺得自己就是完美的。

最終，我的結論是：只要你夠自信，那怕旁人如何指指點點、道出你任何不是，By the end of the day，你也可以對着鏡中的自己，驕傲地對自己說：我活着的每天都能盡情、不羈、任性、磊落，發揮出自己八面玲瓏的一面，那就值得時刻感恩！

而這，就是我所認為的「完美」。

堅持

#DearJane #聖馬力諾之心

去年加入新經理人公司「棋人」時，公司很自然地問我有什麼新的方向、新計劃等等啦。我坦然表示，除了希望公司能協助我在更多不同範疇發展，接更多Jobs之外，我也希望再籌辦一個劇場Show，不是為了賺錢賺人氣，而是自從第一天成為藝人開始，我每接一份Job、每次開咪、面對鏡頭等，我都抱有使命感——例如接電話幫人解決愛情或家庭問題時，我的角色就像是一位輔導員，甚至是一位治療師或一個很好的聆聽者。我一直懷有一份使命感，因為我相信沒有使命的工作，只是軀殼，缺乏靈魂！

我繼續跟經理人公司分享，我曾經在2018年舉辦過一場個人劇場，當時信心不大，畢竟這是一個關於成長、友情、家庭、困惑、尋找認同的掙扎、面對欺凌人生等等的故事。在市場上，這類題材比起棟篤笑，應該更難有賣點能吸引觀眾。但那次的演出後，我聽到觀眾的笑聲和感動的哭泣聲，還收到不少私訊留言，告訴我這個劇場對他們意義重大，學會面對人生障礙的解決方法。當時我覺得這份Mission上又多了一個Vision。

公司聽到我這番話後，便隨即物色場地，我當然非常感恩和興奮。

近月以來，公司全力支持我這個Project，不惜工本為我準備了最優秀的監製、導演、音樂人、投影藝術家、燈光、音響等製作團隊。我感動之餘，壓力也隨之而來！

我開始懷疑自己是否能駕馭這個余迪偉一人劇場《Fabulous Me!》，害怕辜負眾多有心人。近這幾個月，我不斷奔波宣傳、研究和撰寫劇本，與作曲、作詞家溝通，然後練歌、排舞、熟讀劇本……我逐漸感到力不從心，因為我處理這個Show的同時，我還要做很多日常固定了的其他節目。

回想2018年舉辦個人劇場Show時，當時未有這麼多固定的電台、電視和網絡節目要做，那時我有更多精力去排練那個Show！

所以最近，我覺得有點高估了自己的能力。幸好有很多好好的粉絲私訊告訴我，最近看我做的很多節目，都看到我的疲態。他們很好，給予我很多支持，我非常感激他們！只是有幾個晚上，因為力不敷支，我甚至有些崩潰。但The show must go on，我一直告訴自己，我一定能應付得到！

我知道自己一定能應付得到的原因，除了因為我清楚自己的體力和情緒極限，更因為這個Show意義重大！

所以，我敢在此對大家說，我決定了要做的事，無論遇到多大困難，我都能面對！到時我一定不負眾望，呈現一場精彩的演出給大家看！

畢竟身邊有這麼多人給我信心和鼓勵，我又何必對自己失去信心呢？

齊齊整整

#《同一屋簷下》主題曲 #仙人掌之花

突然想起一些關於爸爸生前的往事，便寫下來作為記錄。

話說當時媽媽已經離世約一年，爸爸當然仍然沉浸在喪偶之痛中。而他仍是一位精靈的長者，卻被安排入住安老院，當然感到不太高興啦。

最初有一段時間，他總是很挑剔，總要自己選擇心儀的安老院。我們幾個子女都尊重他的意願，但真的不清楚他選擇的準則是什麼。反正這間住一陣子就說不行，那間住一陣子又說不行。終於，他選定了一間他喜歡的。當時大家姐笑說，他最終選擇那間安老院，可能是因為那裏的叔叔嬸嬸伯伯婆婆是他打麻將時不錯的「雀友」，又或者那裏的麻將賭注比其他地方高。總之，難得爸爸肯入住那一間安老院，我們大家都安心了，以為他會在那裏安享晚年。

怎料，入住一段時間後，爸爸就有很多百厭小動作，搞東搞西，例如用指甲鉗慢慢夾斷某些捆綁帶、晚上不斷吵鬧不睡覺、深夜起牀解開鄰牀幾位伯伯牀側的護欄等等。我覺得我從小到大的頑皮行為，和多多鬼主意，絕對是遺傳自他的！

院方對爸爸無計可施，明示與暗示地表示：「如果余老伯再有呢類行為，安老院唔可以接收佢……」很明顯，爸爸當時是在用盡一切方法，希望被院方趕走，他就不用再住在那裏。其實這處境又真的挺可憐，妻子先行離世，要一位老人重新適應新環境，確實不易。

事情到了如此嚴重的地步，我們在香港的子女也束手無策，只能不斷與他討論，了解他想怎樣。當時我們試過很多方法，例如聘請私家看護日夜陪伴他，盡量滿足他的各種要求等。但過了一段日子還是不行，他依然十分百厭！

直到有一天，他突然提出要召開家庭會議，我們一眾在香港的子女便馬上趕去安老院找他。他說他想到一個十全十美的方法：買一間很大的房子，類似北京的四合院，讓余家所有人——包括在外國的子女、孫子孫女、曾孫曾孫女等等——全部搬進來一起生活。

我們七兄弟姊妹，當時實在是啼笑皆非，這是一個天馬行空的想法！畢竟在香港，沒有什麼可能買得到一間這麼大的房子，可以讓一大群人一起住。而且這麼多人，各人有自己的家庭，根本無法實現他的願望。我們花了九牛二虎之力說服他放棄這個想法。最終，我們與他達成協議，令他不必住在安老院——找一間在我們家附近，又在地鐵站上蓋的單位，讓他和私家看護同住。這樣，他很容易找到我們，我們又能隨時探望他，而且出入方便，他可以到樓下買餸、飲茶。

於是，我們一群子女就着手尋找合適的單位。花了大約兩星期時間，看了很多單位，最終我們篩選出三個合適的單位，而爸爸終於選了一間他最喜歡的，我們便準備下訂金，由大哥負責議價。怎料在談妥價錢、正打算第二天去交訂金的時候，當晚我們幾個子女又到安老院接爸爸出外吃飯，期間詢問他是否真的喜歡那個單位，他突然問道：「咩屋啊？我睇過啲屋咩？我自己住㗎？你哋同唔同我住㗎？咁係咪同阿媽一齊住㗎？你哋唔同我住啊？」

就是這一頓飯，揭示了爸爸有認知障礙症。但正因如此，余老伯反而活得更開心。之後，他安分地在安老院長住，亦有私家看護長伴左右，他過去那些百厭行為也漸漸消失。他在之後那幾年間，不斷進出醫院和安老院，百年歸老後就與世長辭啦。

如今回想爸爸的一生——辛辛苦苦逃難來到香港，勞勞碌碌養大一群子女，後來也不知能否稱得上安享晚年，因為他愛了一生的妻子先離他而去，老年慘受喪偶之痛，對他而言應是很大的打擊。

現在回望，原來他付出所有、辛苦勞累了一生，最後的心願，其實可能很簡單，不算是奢望——只希望能與子女、孫子孫女、曾孫曾孫女等，住在同一個屋簷下，一家人快快樂樂地生活。這大概也是他從小到大的願望：一家人，齊齊整整！

爸爸，你已離開了兩年，但我很想告訴你，我們這一家，雖然現在不在同一個地方生活，甚至不在地球上的同一個地方生活，但我們依然非常齊齊整整！

蘿蔔糕

#鄭欣宜 #張學友 #失去便掛念

賀年食品當中，糕點是不可或缺的，原來每一種糕點都有其寓意——年糕最適合給打工仔或小朋友吃，寓意是希望他們不會懶懶散散，能做到大愛和包容，不會那麼小氣；馬蹄糕、椰汁糕和所有甜的糕點，就適合熱戀中的人吃，寓意甜甜蜜蜜；蘿蔔糕則適合任何人吃，因它本身有益身體健康，能清腸胃、補氣血，而又特別適合做生意的人，因為其寓意是好彩頭。

在眾多賀年食品中，我最喜歡的是蘿蔔糕。除了農曆新年期間必吃之外，平時飲茶叫點心，我也一定會點蘿蔔糕。

我非常喜愛蘿蔔糕，便上網查一下它的由來，原來主要有三個來源：

第一，是農耕社會的習俗。黃河和中原流域的秋冬季節是白蘿蔔的收成期，白蘿蔔又肥美又多汁，因此每逢冬天到農曆新年期間，白蘿蔔就成為當造食材，民眾會將不同製糕粉熬製成蘿蔔糕，並將之作為農曆新年的應節食品。

第二，是冬至團年飯的延續。中國文化中，冬至時家人會團首一堂，吃團圓飯。原來古時的蘿蔔糕形狀並非像現今酒樓所見般的一片片，而是像車輪一樣的圓形，寓意闔家團圓、和睦美滿。而吃蘿蔔糕的習俗就由冬至延伸至農曆新年。

第三，是農曆新年的寓意。因為玩食字，蘿蔔糕就有步步高昇的意思。

回想過去，為什麼我那麼喜歡吃蘿蔔糕呢？主要有兩個原因：

第一，我從小到大都不太喜歡吃甜食。小時候如果大人想哄我，買糖果是哄不了的，買薯片或蝦片給我，則會哄得我貼貼服服。

第二，也是最重要的原因，是因為我媽媽做的蘿蔔糕是全宇宙最好吃的。尤其是我在加拿大與她同住時，那些蘿蔔糕特別好吃，不知是否當地冬天買到的蘿蔔特別鮮甜？我真的不知道。但我愛上媽媽做的蘿蔔糕，不僅是因為個人口味，更因為做的人是我媽媽，當中有愛、親情和懷念。當年曾有一次媽媽回香港度假時，正值農曆新年，我煎了她做的蘿蔔糕給朋友品嘗，大家都讚不絕口，都說我媽媽做的蘿蔔糕是他們吃過最好吃的！

當然，媽媽在世時我曾問過她的食譜，從挑選白蘿蔔，例如如何挑選單皮而非雙皮的蘿蔔等，到如何調配粉料及份量，我都一一記錄。但是自己做的蘿蔔糕，始終沒有媽媽做的美味……

直到今日，我已吃盡天下不同種類的蘿蔔糕。大家姐和大表姐做的，味道都遠遠拋離坊間買到的現成蘿蔔糕。那確實非常好吃，但媽媽做的蘿蔔糕始終勝一籌。

唉！如今只能懷念……

誤會

#PSY #Daddy

突然又想起一些與父母有關的兒時往事，想在這裏和大家分享一下。

那時我大約是初中生，正值青春期，極為反叛，最壞的行為大概是沒有告訴家人，便私自約朋友去遠足，甚至去露營三日兩夜之類。我想當時的想法是，如果告訴父母，他們一定不會讓我去，所以即使冒着「生命危險」，就算回家後要被打被罵，我都一意孤行，不通知家人便自己出去到處玩；我又試過離家出走，到同學家裏住了幾天⋯⋯其實最壞也不過如此啦！

但父母當然不是這樣看，他們覺得兒子這麼反叛、這麼壞，怎樣教也不聽。我相信他們當時一定覺得對住這個孩子無從入手，不知如何可以教好他。

直到有一次，我在自家店舖吃完晚飯後，便步行回家做功課。當時我從觀塘協和街的店舖走回月華街的住所，路程大約五分鐘。我走到一半，突然靈機一動，想買些紅蟲餵金魚，於是中途轉了個幾分鐘的彎，去月華街附近和樂邨中唯一一間金魚舖買紅蟲。就這麼簡單，買完紅蟲我便回家餵魚兼做功課。

大約一星期後，我與爸爸大吵了一場。我已經不記得是為了什麼事，一定又是跟我反叛，不知做了什麼壞事有關吧。當我們吵到面紅耳赤時，我當然又哭又鬧。這時爸爸突然說：「我上個星期啊，跟蹤你喺舖頭行返屋企，你話做功課，點知原來你去咗和樂邨！你梗係喺和樂邨群埋啲唔知乜嘢人，甚至加入咗黑社會嗰啲啦！」

我當時哭得更厲害，並告訴他事實：「我只係去嗰度買紅蟲餵金魚，你信我又好唔信我又好！」（大家要知道，當年和樂邨靠近雞寮一帶，是公認品流複雜的地方，如果小孩子不是住在那裏，是不應隨便進去的。你無緣無故去那裏閒逛，就代表你結交了黑社會的人。）

當刻我與爸爸吵架時，我覺得很委屈，覺得被冤枉。我非常不服氣，大聲喝罵他：「你再咁迫我，我就會打電話去搵人搞你㗎啦！」（這句話的語氣，是我學電視電影裏黑社會古惑仔的說話語氣模仿出來。）

自從那天與爸爸吵過之後，我們就大約兩星期沒說過話。

後來有一天，媽媽或煮了一道我很喜歡吃的菜，或買了一份小禮物來哄我。當我們母子有說有笑時，她問我何時願意再理睬爸爸。我說：「我都冇特登唔睬佢，係佢唔同我講嘢咋嘛。」（我猜媽媽當時如釋重負，覺得其實兒子對父親沒有什麼深仇大恨。）

然後媽媽見我已沒再生爸爸的氣，便打蛇隨棍上，但有點結結巴巴地說：「咁你上次同老竇鬧交嘅時候話打個電話去搵人搞老竇，係乜嘢電話嚟㗎？搵乜嘢人㗎？啲壞人嚟㗎？」

我回答：「唓！最近喺學校見到啲防止虐待兒童協會嘅海報，嗰度有個電話，我諗住如果佢再虐待我嘅話，我就打去個協會嗰度舉報佢咋嘛！」

現在回想起來，覺得自己當年「好流」。當日說那句話時，裝作是古惑仔；而道出真相時，原來天真無邪到極點。

我至今仍記得我媽媽當時知道真相後變臉的樣子——內心想笑，但不敢在我面前笑出來，又彷彿放下心頭大石一樣。

之後當然什麼事也沒發生啦！大家的關係又變融洽了。

讓別人了解自己

#陳奕迅 #ShallWeTalk

上一篇提到我小時候非常頑皮和反叛，以至有一次爸爸跟蹤我回家，以為我去和樂邨是因為加入了黑社會，結果鬧出一場風波。

自從發生這件事後，我覺得自己應該做些什麼。因為我覺得，如果連爸爸都懷疑你在外面做些見不得光的事，十惡不赦，那就說明他根本不了解你。所以我當時思考了很久，到底可以做些什麼，讓父母知道他們眼中我所謂的「秘密生活」到底是什麼一回事。

當然，我不可能帶爸爸媽媽回校，然後放學和同學打乒乓球、打機、買東西玩，周末又到處遊玩——這些活動我總不能邀請他們參與吧！我思考了好幾天，終於想到，要讓父母了解你，最簡單的方法就是讓他們看看我平日和怎樣的人來往。而當時我家附近那間由家人經營的書店，就帶給我極大的便利。

從那段日子開始，我每天放學和朋友玩過後，就會帶他們回自家書店，有時百無聊賴，有時朋友們會幫忙賣東西，充當售貨員。有些朋友不回家吃飯，就乾脆留下來在店裏吃。有幾位特別熟絡的朋友，連周末都會向父母申請到我家玩。

不過過了幾個星期，我那幾位年紀和我相仿的阿哥家姐，也和我那班朋友混熟了，大家經常在一起玩。特別是周末晚上我們會一起看電視、玩啤牌、打機、整理魚缸。玩得晚了，就乾脆全部朋友都留宿在我家。

後來就出現了這樣的狀況——那時候我們家的房子有上下兩層，爸爸媽媽住在樓上的主人套房，未嫁未娶的子女則住在樓下。有時周末我的朋友們留宿，家中的房間不夠牀位予這麼多人，於是我們便在樓下客廳鋪地鋪、榻榻米，就像露營般（其實像難民營），睡在客廳地板上。

爸爸會一大早去飲茶，他起牀出門的時侯，我們這班「難民」可能剛玩通宵，睡了一、兩個小時，這時樓下客廳就堆滿一堆睡死了的「死豬」。

而爸爸每天總愛從屋內樓梯走下下層，然後經過客廳，才在樓下大門外出。我想他這樣做的原因，是想在早上出門前看子女一眼；也許除了關心之餘，還想看看昨晚子女在搞什麼。

我記得有幾次半夢半醒之間，看到的畫面真的很好笑——爸爸在我那些朋友中間的窄小空隙間，像跳飛機般跳來跳去才去到門口。

那時候我也擔心他會生氣，老實說，那些朋友又不是不能回家，為什麼每逢周末都把我們家搞得像個難民營？我馬上試探父親的口風，他似乎不介意，至少他沒有因為這些事而責罵我們。我猜可能有兩個原因：

第一，他看見我的朋友和阿哥家姐玩得開心，就無謂抱怨掃興了。

第二，因為我從小在余家成長，我感受到的身教就是好客，父母經常招待親戚朋友，為何子女不可以？

直到幾個月後，我的疑問得到少許解答，因為媽媽無緣無故對我說：「阿仔啊，之前阿爸以為你入咗黑社會，群埋啲唔知咩人好曳好壞嘅啲，其實應該全部都唔係嘅。呢一輪，都見晒你最好嘅啲朋友仔啦，佢哋都不知幾乖，喺你哋成班人當中，最多鬼主意，又帶團去上山下海遊山玩水，成日搞神搞鬼，最反叛嘅個就係你，我驚你帶壞你班同學仔㖭啊！」

我清楚記得我聽到這番話後感到十分安慰，因為我選擇用這個方法讓父母了解自己，是正確的！余迪偉的革命終於成功！

現在回想起來，我也不明白自己當年為何年紀小小，就有這樣的智慧，能想到這樣的方法。無論這個方法是好是壞，至少我用了當時能想到的方法，嘗試讓父母有機會了解我。

年輕人們，每當你埋怨長輩不了解你時，不妨也思考一下有什麼方法能讓他們有機會了解你！

交錯的心意

#鄭中基 #時間人物地點

話說我認識一對同性伴侶好朋友，暫且稱他們作Peter和John。他們交往了數年，後來分開了幾年，之後又復合。

在復合的時候，Peter為了慶祝這件事，送了一隻名貴的古董手表給John。John當時受寵若驚，表示不願意接受這麼貴重的禮物，但因為都已經買了，Peter又已經送給他了，所以John最後還是接受了。

由於這是古董手表，收藏古董表的人都知道，佩戴時通常不會用原裝表帶，而會度身訂做另外一些新的表帶，將原裝表帶保存起來，這樣就可以讓它保持嶄新美觀。萬一將來有機會轉售那隻手表，其價值將會更高，因為保留了完好的原裝表帶和證書等等。

當時Peter趕着要送出手表，來不及訂製新的表帶，所以他送出手表時，它仍配備着原裝表帶。那時Peter已經另外訂購了四條不同顏色的表帶用來搭配這隻表，但這些表帶並不可以即時取貨。

可惜的是，當這些新表帶在訂購兩個月後終於到Peter手時，他和John已再次分手。

這次分手非常和平，因為雙方想走的路不同，價值觀也有差異，所以二人非常理性、成熟且和平地結束了這段關係。

分手後他們仍保持聯繫，但因為大家身處異地，即使有聯絡，見面的機會都很少。

近月，因為他們的共同朋友在香港結婚，二人都回港飲喜酒。當晚在喜宴上大家重聚，談笑風生。

離開時，他們互相擁抱，祝願彼此一切安好。

John回家後，發現自己的袋裏多了四條全新的表帶，還有一張紙條，上面寫着：雖然我們分手了，但這四條表帶一早已訂了，用來配搭給你的那隻表。你有時間就換啦，有四條不同顏色，可以隨時替換來配襯衣服。

Peter回家後，也在自己的袋裏發現當日送給John的那隻古董表，還附有一張卡片，寫着：雖然我們分手了，亦雖然我們仍是朋友，但我真的不忍心保留這份如此貴重的禮物，好似當日騙了你復合般。這隻表你留來自己戴吧。

這個故事的結局很無奈，也像某齣電影的情節。原來電影真的反映了真人真事！

有時候愛情的緣分就像這些禮物一樣，能做朋友是緣分，做不到情侶也是緣分。在不同的Timing，會擦出不一樣的火花。

希望他們的緣分，能在不久的將來，當適合的Timing來到時，使那隻表再遇上那四條嶄新的表帶。但願他們二人亦都如此。

不期而遇

#張學友 #林憶蓮 #日與夜

我在《口水多過浪花》中曾談及一個話題，是關於我看到的一篇文章，講述人生中應該感到幸福的事情，例如失而復得、久別重逢、虛驚一場、大病初癒等等。

我們幾位主持人因應題目，舉了一些人生中遇過值得感到幸福的例子，而另一件值得幸福的事情是不期而遇。當時我沒有足夠時間聊到這個話題，而現在我又想到一個很好的例子。

話說很多年前，我去阿姆斯特丹旅行時，在一個Party上認識了一位韓國男生。他的英文不算很好，但我們還是溝通得不錯。雖然我們當時各自與朋友同行，但我們那些朋友經常沒空，所以我們認識之後，接下來剩餘幾天的旅程，我們便天天黏在一起玩，從早到晚觀光、Shopping、參觀博物館，晚餐後還去夜蒲。

我記得他最可愛的一點是，每次吃飯我問他想吃什麼，他都說：「I want noodles.」但最麻煩的是在歐洲這些國家，要找一家好吃的麵店其實不易，我就不斷游說他去到其他國家，就要吃當地人的食物，但他依然只想吃麵。

如是者我們一起玩了快一個禮拜，相處得非常開心，但我的假期很快就要結束了。

離開時，我們還談到我什麼時候去韓國探望他，他什麼時候來香港探望我之類。那個年代雖然已經有手提電話，但好像還沒有智能電話，當然也沒有WhatsApp。我們後來主要用Email通訊，保持聯絡了一段時間，大家漸漸忘記了彼此。

說實話，即使是Holiday Romance，也未必能長久聯繫，更何況只是Holiday Friendship！幾個月後，我們便沒有再聯絡了。

幾年後，我去韓國首爾旅行，竟然在一家酒吧裏看到他正在打碟，原來他已成為酒吧的DJ！相認後，他帶我遊覽首爾幾天，我還記得他帶我去吃最地道、最好吃、遊客罕至的韓燒餐廳，和他最喜歡吃的Noodles。玩了幾天後我們又再次分開，然後又保持聯絡了一小段時間，隨後便沒有再見面或聯絡。

又過了幾年，我在曼谷的街頭，竟然又與他偶遇。那時我們都覺得這份緣分很有趣、很特別，那幾天見了幾次面，一起吃飯，然後喝酒再去蒲。

到現在已經差不多八年沒見過面，當然也沒再聯絡。但我不排除在不久的將來，我又會在某個國家的某條街上再次遇見他。

這種不期而遇，根據那篇文章所說，是幸福的，是窩心的，但我不知道怎麼去分析這種緣分。總之就是非常有趣，就像宇宙中有一種力量，冥冥之中注定了某些特別的緣分，使我們之間的友誼得以這樣延續……

緣分是很奇怪的東西。有些朋友，你剛認識他時根本不會覺得他會是你的朋友，但經過歲月洗禮，經過一些經歷，或許是成長吧，之後可能在某個夜晚，當你們喝酒時，無緣無故聊了一席話，然後才發現過了這麼多年後我們突然在一夜之間成為朋友；緣分也可以是你們一見如故、一拍即合，以為會是一生的朋友，但經過歲月洗禮，那份友誼原來並不堅固，二人漸漸變成陌路人。

歸根究柢，其實這沒什麼所謂。我們做人，緣分的事就讓它自然發展吧，不能強求，所以——一切，隨緣吧……

霧水之緣

#陳奕迅 #人啊人

最近，我跟隨《口水多個浪花》旅行團去了一趟為期數日的杭州之旅。旅程十分愉快，看了要看的景點、吃了想吃的美食、遊歷了應該遊歷的一切、買了想買的東西……其中一個我的意外收穫，是結識了幾位杭州的朋友。

話說當日我們一團人預訂了一家餐廳準備吃午餐，抵達時餐廳尚未開門，我便獨自一人在附近閒逛。

我走進一家頗為高檔的年輕人服裝店，老闆對我非常友善，稱讚我穿得很時尚，又見我是外地遊客，便開始與我閒聊，然後我們便結識了，並互換了聯絡方式。最後，在旅行的最後一晚，我和他的朋友們一起外出喝酒，加深了認識。

原來，他除了是服裝店老闆之外，他和他朋友都是知識分子和藝術家，當晚我們聊得很開心。離別時，大家都承諾盡快在某地再聚。

回到香港數日後，我仍繼續與這位朋友聯絡。

我在杭州旅途中的某天，在某間店看到一件非常喜歡的傢俬，但當時我不想讓團友等我，也沒時間詢問價錢等等，只是很迅速地拍了一張傢俬的照片。

返港後，我對那件傢俬念念不忘，於是上網搜尋它的蹤影。後來，我找到了該件傢俬，但找來找去也找不到那傢俬店的資料。我想在那家傢俬店購買，怕其他店出售的未必是正貨。我鼓起勇氣聯絡了這位杭州朋友，講了這件事後，他立刻幫我找到那家店，很快我已經下單了。

我一直覺得這樣的緣分很窩心。

將這件事告訴朋友時，朋友問我怎麼那麼大膽？我自己倒是不這樣認為，我覺得這只是一件再普通不過的事。朋友又說這樣不怕危險嗎？我回答說，在這個時代應該沒那麼危險了，因為彼此都有通訊軟件，且能看到對方Post的照片，大致了解對方是什麼樣的人。當然還是有風險，但出去喝一杯、認識新朋友，我真的覺得沒什麼大問題！

然後我回想，我年輕的時候，常常外出旅行，也遇到很多類似的事情。

比如剛移民溫哥華時，我在酒吧認識了一位外國人，後來成為好友，甚至友好到一起同住。後來他去了韓國住了很多年，我們當時還整天相約度假。至今已經很多年了，我們依然是很好的朋友，他還搬到香港住了很久。

還有我在上一篇提到，曾在阿姆斯特丹某個Party認識的一位韓國男生，後來我們都成為了朋友，還經常在不同國家碰到他。

還有一次我在泰國認識了一位來自哈爾濱的男孩，我們十分投契，之後我去了哈爾濱，他還「強迫」我住在他家，玩了一個禮拜。

有這種與陌生人無端端建立的霧水緣分，我覺得是我與生俱來的一種幸運。近年為什麼少了這樣的緣分，而朋友又覺得這樣認識陌生人很危險？我不知道是否因為我們年紀漸長，世界變了，四處都充滿陷阱，而我們自然而然抹煞了許多這種緣分衍生出來的機會。

或許我內心仍相信人性本善，所以這些緣分才得以發生？我不希望我這種信念，會被世界的污染所改變。

廢物變成寶物

#陳奕迅 #今天只做一件事

最近因為衣帽間和鞋櫃實在過於擁擠，已無法再擺放更多物品，我終於下定決心，進行了一次年度斷捨離。

通常在進行此項活動時，我會邀請所有衣服尺碼與我相同的朋友或親戚的子女，一批批地來我家接收衣物；至於最終無人挑選的衫褲鞋襪，則會全部捐贈出去。每次活動結束後我都非常開心。首先，接收者拿到衣物回家後會拍照告知我他們非常喜歡，使我感到十分窩心！另外，衣帽間等地方能騰出更多空間，找衣服來搭配也變得更加方便。

我很喜歡這種把原本屬於自己的垃圾，變成別人的寶物的感覺。因此近年來，聖誕Party交換禮物，也逐漸變成我的「交換廢物」活動。我不再購買新禮物，而是拿出家中買了卻不合用的新物品，送給他人。

這件事亦令我想起多年前的兩個小故事：

當時我住在加拿大，每逢夏季某些月份，大型超市就會擺出一大箱粟米。因為是當造季節，粟米會以非常便宜的價格出售。這些粟米不像我們在香港街市看到的那樣乾淨，因為從樹上摘下原條粟米時，粟米的頂端還帶有許多粟米鬚。香港的粟米通常由街市店主剝除粟米鬚後再售賣；而加拿大大型超市出售的粟米，每條都附有許多粟米鬚。

有一次我和媽媽在加拿大逛超市時，看到粟米那麼便宜，便準備買一大堆回家。那時候我們見到一位中國婆婆，站在那一大箱粟米旁邊，當她發現我們是中國人，又會講廣東話，便請我們幫忙，讓她剝除我們買的每一條粟米上的粟米鬚，送給她拿回家煲水，她說粟米鬚很有藥用價值，可以袪濕之類。於是我和媽媽便挑選了十多條粟米，逐條幫她剝除粟米鬚。

那個婆婆拿了一大袋粟米鬚後，依然站在箱子旁等待下一位會講廣東話的中國人，重複她剛才對我和媽媽所做的事。

我們當時很理解她的做法，因為婆婆只想要粟米鬚，如果她胡亂剝粟米鬚，而又無法買下全部粟米，似乎不太恰當。所以她只好不停地等待懂廣東話的人來購買粟米，再要求取走粟米鬚。

見此情況，我就走回去，用英文告訴正在挑選粟米的外國顧客：「如果你買粟米，就俾阿婆要晒啲粟米鬚啦，反正你拎到返屋企都冇用，而阿婆拎返屋企用嗰啲鬚，係有藥用價值㗎……」

當時那幾位外國人覺得很有趣，紛紛一起幫忙剝粟米鬚，還問我粟米鬚到底有什麼藥用價值。那天下午我和媽媽都覺得做了一件不錯的善事。

另一件事是我住在紐約的時候，同樣是夏天。某日的黃昏時分，我和朋友在家附近散步前往餐廳用餐，我突然看到路旁大樹樹腳有很多隻蟬。當時我心想蟬不應該在樹腳下，走近一看才發現那其實不是蟬，而是蟬蛻，是蟬從地底爬上地面後，在那棵樹下脫殼所留下來的蟬殼。

我覺得這些蟬蛻很可愛，無意間告訴了一位朋友，沒想到朋友的媽媽略懂中醫學常識，她說蟬蛻很有藥用價值，可以治療咳嗽和小兒驚風等等。幾日後，我便帶着朋友的媽媽，一同前往我家附近的那條街道，和朋友一起陪她撿拾蟬蛻。

這些都是將廢物變成寶物的故事。類似的事情在我們日常生活中屢見不鮮，只要我們用心思考、啟發與觀察，這類環保的好事、善事，或許每天都可以發生！

工作的意義

#MichaelJackson #HealTheWorld

最近有朋友發了一篇很「心靈雞湯」的文章給我，讀後令我深有感觸。

文章十分簡單，只提出一個很簡單的問題：你做什麼工作？

我們通常會回答：「我做老師㗎」、「我做會計㗎」、「我做售貨員㗎」、「我做文職㗎」……這些是很實際的答案，當然沒錯。但換一個角度思考，這些工作背後的意義究竟是什麼呢？

這個問題讓我回想起學生時代，當時我希望自己長大後投身社會，真真正正想從事什麼工作？

那時候，我想到的是與演藝圈相關的職業。雖然沒想過一定要做幕前，但若有機會做幕前的話，例如歌手、舞台劇演員、播音員，什麼工作也好，反正就是幕前的工作，那麼這份工作的背後，到底帶給別人什麼意義呢？這是我年少時經常問自己的問題。

長大後我再次思考，我正修讀傳播媒體，是與幕前表演、幕後製作都有關的學系。如果我不做表演者，做幕後，例如導演、監製、剪接師或撰稿員，什麼也好，最重要的是，這份工作背後的意義是什麼？

多年以後，我想不到我正在從事的，是一份當年連名稱也未有的工作——Slasher，可以譯作「斜槓族」。我既是幕前的電台播音員、電視主持、YouTube頻道主持、電視電影演員、舞台劇演員；也是幕後的劇本創作人、作家等等。

再回頭問自己同樣的問題，這些工作除了表面實質的職責之外，背後的意義是什麼呢？

那篇文章詳細列舉了從事任何工作，其背後意義的重要性。你也不妨問問自己，你的工作有否達成以下目標：

一、我用善意改變世界。

二、我創造一個讓人被看見、被傾聽、被重視的空間。

三、我將自身的痛苦變成經驗、化為智慧，分享給有需要的人。

四、我以最真實的自己，治癒人心。

五、我喚醒他人內心的自信。

六、我提醒每一個人，自己本身值得被愛。

七、我用我的言辭、我的創作及我自身的存在，使世界更美好。

八、我以我的綿力，使世界有更大光芒。

九、無論身在何方，我都會散播充滿希望的種子。

讀完這篇文章，以我所有工作的真正目標為藍本，我在每個項目後都打勾。雖然有一兩項打一剔一點啦，但無論如何，我都好滿足、好感恩。

那麼你呢？你做什麼工作的呢？

生命的意義

#葉德嫻 #邊緣回望

最近有一位朋友向我訴苦，他與拍拖十年的女朋友分手了。原本打算與對方長相廝守，無奈對方突然移情別戀，令他情緒崩潰，有一晚更有不想再活下去的念頭。

唉！他現時也不過是二十八歲，事業雖未算有成，但也不斷有晉升機會。我亦明白，原本認為自己是人生勝利組，過去多年又未曾真正遇過重大挫折或重重地跌倒，「坐定粒六」打算迎接美滿人生。如今突然面對情傷，就好比你小時候從來未曾跌倒、受傷，在你二十多歲時突然摔斷了腳，你自然不知道該如何面對那種痛楚。

當晚，我說盡了所有安慰的說話，但也覺得對他沒什麼幫助，於是我講了以下這個故事給他聽：

很多年前我認識了一位外籍朋友，他當時大約四十歲，已是一位很著名的專業人士，差不多可以退休。

他是一位高大的大肥佬，有一次，他給我看了他二十多歲時的照片，原來當年他是一位身形健碩又十分英俊的運動健將。奈何在差不多三十歲時，他患上了一種對生命有威脅的怪病。醫生告訴他，這種怪病可以靠藥物延續生命，但這些藥物的副作用包括引致肥胖、睡眠障礙、焦慮等等，加上當時這類藥物還未有太多臨牀實驗，所以如果長期服用，也不知道是否真的能延長生命年期。

他說，當年覺得自己非常不幸，明明擁有模特兒般的身形和樣貌，事業有成，面對生命中的任何關口都無往而不利。所以得知患有怪病的時候，他情緒極度崩潰，甚至想過自尋短見。但後來他覺得上天給了他很多責任，例如要照顧家人和家中長輩，所以他選擇繼續活下去。

我認識這位朋友時，他已四十歲，服藥超過十年。他說，當年決定積極面對生命後，便開始把活着的每一天都當作是賺到的一天。

這位朋友最讓我敬佩的是他面對生命的態度。他說：「面對死亡，當然會令人沮喪，但最重要係你要問自己——你每日都仲係咪活得快樂？你係咪每一日都面對住開心嘅自己？你仲係唔係對個社會有貢獻？當你懂得面對死亡嘅時候，你就會更懂得點樣更有意義咁去活着……」

他面對生命的積極態度，令我上了一堂極有意義的人生課。

他至今仍健在，已六十多歲，依然活得快快樂樂！每天無壓力地工作，繼續貢獻社會，閒時會在社區做不同的義工——包括照顧動物、教人畫畫，並一直關懷家中長輩和小孩等。

他讓我看到生命更寬闊的一面，畢竟，從來都是那句——生命不在乎長短，而應在乎品質與意義！

我不知道當晚跟那位年輕朋友說完這個故事之後，幫助了他多少，但至少可以讓他由情傷走出來，想想生命的大意義可以是什麼！

有時候，並不能簡單講：「你有幾咁傷痛啫？隔離嗰個咪應該仲傷痛過你？」——這類故事來安慰你。有比較，固然有幫助，但這不是全然有幫助。因為無論你跌得多痛，環顧四周都一定有人跌得比你更痛。但最重要的是比較之後，我希望你能找到人生的大意義！

年輕人，好好活下去吧，生命中還有很多遼闊的天空等着你探索！

美好旅程

#周華健 #齊豫 #神話・情話

早前我去了蒙古國旅遊，雖然回來後已經在好幾集的《口水多過浪花》中分享過這段旅程，但我發現，去一個相對而言不是那麼多人到訪過的地方，原來真的有很多值得再講的東西。

所以，我要再分享一次。

這次旅行，我們大約籌備了半年，找了導遊、設計了十天的行程表……問題是，我們已多年沒有跟從導遊旅行，不知道到時見到導遊本人會發生什麼事。畢竟去這麼多天，如果他不濟，天天相對就糟糕了！

怎料我們第一天抵達蒙古國首都烏蘭巴托，在機場已經見到一位面帶慈祥和好客笑容的導遊，心裏馬上安定了不少；之後我們推着行李來到停車場，我們一行五人，看見那兩輛將陪伴我們整趟旅程、幾乎是全新的豪華越野車，再看看旁邊其他旅行團那些又舊又破的貨Van旅遊車，我們心裏真的忍不住笑了出來！

這位導遊有幾件事值得稱讚。

第一天入住蒙古包的時候，我們在晚上八點多吃完晚飯，導遊就叫我們早點休息，因為翌日要很早起牀，我們也很聽話。怎料到了晚上大約九點半，草原上突然傳來很大的音樂聲，聽起來像是旁邊的營地在開大型派對。我們還沒有打算投訴，就已經收到導遊的訊息，說他已經報警處理，因為怕那些派對音樂會吵到我們，使我們翌日無法準時起牀。結果那些音樂聲約一小時後就停止了。

第二天吃早餐時，導遊跟我們說，原來昨晚隔壁營地在辦一個大型的Reunion Party，但噪音實在太誇張，在草原上一定要報警處理，因為如果不找警察，根本沒有人會處理問題。

當時我們都更加覺得他非常貼心，而且經驗十足。

另一天，我們在戈壁沙漠中的一條公路上飛馳時，他突然猛踩油門，瘋狂追趕前面的一輛大貨車。我問他怎麼了，當時我以為貨車司機做了什麼壞事，他要追過去「報仇」之類。結果他說剛才見到有一袋東西從貨車上掉落在公路上，那可能是司機的謀生工具。

他追上貨車後，不停按喇叭叫司機停車，又講了一堆話，之後就見到那輛貨車的司機掉頭回去撿回那袋工具。

那一刻我感受到他們族群之間真的是守望相助，非常善良。

來到旅程中段，我們的兩輛車已經駛過許多沙塵滾滾的沙漠、草原、沼澤等地方，原本幾乎是全新的車，已經變得非常骯髒。我們作為遊客當然不介意，但導遊表示不希望我們乘坐一輛骯髒不堪的車，因為第二天要回到首都迎接國慶日。

當天中午，我們去到一個中等規模的城鎮，導遊安排我們到一間豪華的韓國餐廳用餐，點好了餐之後，導遊和他的弟弟（同時是我們的司機）都沒有打算吃飯，而是開着那兩輛車去洗車。這樣的安排十分周到，不會浪費我們遊玩的時間，同時也令我感受到他對自己國家的尊重。

十天的蒙古國旅程，說長不長，說短不短。所見所聞、所經歷的一切、所學到的東西，確實為我人生添上了一筆很漂亮的色彩；而有幸遇上這樣一位有心、有能力、負責任的導遊，實在令這次旅程變得完美！

伯樂

#莫佩文 #勁草嬌花

幾日前是商業電台65周年的生日晚宴。我們一眾二台DJ當晚玩誇張假髮，盛裝出席晚宴，拍了很多照片，玩了不少遊戲，也享用了美味的晚餐，還與不少新舊同事寒暄一番。

回想我自己的人生歷程，原來與這間公司早已結下緣分。畢竟我在這裏工作了二十多年，算是在我的仕途和人生中佔據了很大部分。

最初的緣分，始於我在溫哥華做電台節目主持的時候。

當時，有兩位電台前輩——區新明與朱明銳已移民到溫哥華，還在當地的電台與我共事，他們或許有些少欣賞我所謂的「才華」吧。我們共事了約一至兩年，剛巧我家姐將在香港結婚，她邀請我回港見證她的婚禮，並擔任婚禮司儀。兩位前輩知道我將回港，便問我是否有興趣與商業電台的高層見面，並表示可以幫我安排。

我心裏想：是商台啊！某程度上它陪伴我成長。如果真的有機會加入，我當然立即收拾行李，離開溫哥華返回香港啦！我當時真的這樣想！於是我真的回來了，去與商台的高層見面。

不過，首次會面並沒有一拍即合的感覺，因為我當時以為自己仍可以繼續做幕前工作，會在商台擔任節目主持等等；然而當日與我見面的，是商台製作部的高層羅嘉慧小姐。製作部主要負責活動製作，例如商場Show、饑饉30，甚至叱咤樂壇流行榜頒獎典禮等。我自問沒有做製作的幕後工作經驗，雖然在溫哥華除了做電台節目主持，也曾經搞Show，但我始終覺得自己能力有限。

第一次面試，我相信稱不上成功，因為對方看到我的履歷，都是節目與活動主持的經驗居多，因此初步沒有回音。我也做好了失敗的心理準備，打算在香港見證家姐結婚後，便回溫哥華繼續做電台主持。不過就在我準備回溫哥華前，商台製作部再一次邀請我見面。

這一次會面，對方直言：「你以前嘅經驗都係幕前，但係如果我請你做所有電台節目以外嗰啲活動、表演、演唱會等等嘅監製，你覺得你可唔可以勝任呢？」我覺得我當時回答得不錯，但又十分真誠，我說：「如果你請一個冇試過自己企喺個舞台，面對觀眾嘅人，去做一個活動嘅監製，我相信佢可能都會勝任。但係佢從來未試過實戰，佢唔會明白作為一個表演者企喺台上所面對嘅一切；而如果你請我，我係一個有好多上台經驗嘅人，我如果要控制嗰個Show嘅節目流程，甚至要寫司儀稿，我相信我曾經作為一個表演者，我會好了解應該點樣去處理。」

我猜我當時這番說話，為我爭取了不少分數，於是他們就錄用我啦！

我在商台製作部工作了約三年半，後因經濟不景，我離開了這間公司，自立門戶，成立了一間活動製作公司，繼續從事由商台訓練得很純熟的活動製作。當然要感激商台，令我有足夠的能力開辦自己的公司。

2006年，商業二台叱咤903大規模改動節目，卓韻芝忽然邀請我主持一個每周五天的節目《五天精華遊》。自此，我重新投入幕前工作。

很奇妙的是，從離開溫哥華那天起，我一直以為自己不會再從事幕前工作了；但緣分使然，如果當年我沒有在做製作時認識卓韻芝，她也不會欣賞我，並邀請我與她一起主持電台節目。

從製作電台節目開始，我又做電視節目主持，再成為專欄作家、出書，再做網台節目主持，又參演電影、舞台演出，甚至舉辦個人舞台Show等。這一切，全都源於商台！

我從不認為自己特別優秀，但我也不覺得自己很差勁。不過無論你多優秀或多差勁，都需要一位伯樂。我的伯樂，除了所有電台前輩之外，就是商台。如今我所做的一切，都是我的Dream jobs！

我想勉勵大家：夢，是要自己去發，才有意義；而裝備自己迎接機會降臨，是你自己的責任。我很感激我人生中遇到的每一位伯樂，同時我也不曾抹煞自己過去的努力，及孜孜不倦地裝備自己去迎接所有機會。

如果你認為自己很失敗，世界不給你機會，你就先問問自己：你有沒有好好裝備自己去迎接機會呢？

商業電台，65歲生日快樂！

CHAPTER 3

鬧到盡頭_

鬧

語音訊息

#蘇芮 #休息工作再工作

有一件老生常談的事情，就是自從WhatsApp出現以後，很多朝九晚五上班的朋友都抱怨——現在下班了，老闆或者同事仍然會WhatsApp過來，變相就是要繼續工作；或者以前遇到八號風球時，真的可以放假一天，現在則會像疫情期間般Work from Home！

這件事是沒辦法改變的，只能接受，因為我們已經被科技創造出一種新的職場行為。

另一方面，我覺得有些打工仔，可能因為被科技奪走了某些權利，所以潛意識裏造就了一些我認為可以說是報復的行為，是什麼呢？就是濫用這種科技！也就是濫用WhatsApp裏的語音訊息——事無大小，什麼事情都長篇大論地錄音，中間還會有一些：「……Arr……我估係……點樣講好呢……其實……都係唔好講住……不過我本身都係覺得……話分兩頭吖……講真話吖……真係㗎……」一直這樣說個不停，完全虛字連篇，聽來聽去都聽不出重點！

這件事究竟是怎樣呢？就是你濫用了你的方便，來剝奪我的時間！我為什麼要花好幾分鐘去聽你的語音訊息，而且還要仔細記下重點？

利申，我自己其實也很喜歡用語音訊息，但我會只用在朋友之間的聯絡，公事上，我一定會盡量用文字交流。

我有個朋友，她年輕時進了一家公關、活動策劃、廣告之類的公司，短短幾年，她現在已經是公司高層。

她說她當年剛入職時，非常討厭老闆或某些客戶用語音留言給她，但當時她是新人，無法投訴，只能盡量做好工作，不斷聽這些留言，還要記下重點。以前語音留言有時間限制，可能她開完一個會，就收到同一個客戶發來幾十條語音訊息；後來更愈來愈長篇，即使把聽語音的速度調較至兩倍速，也要花很長時間才能聽完！

現在，她已經是高層了，她告訴我，所有公事上的語音訊息，她都一概不回，直到對方改用文字發訊息給她，她才會回覆。對方留下語音訊息，她就不回，寫文字的話則會很快回覆，這樣她就可以訓練並讓那些人知道，什麼才是公事上的禮儀。她說：「因為你留言，喺手機上面太容易成為滄海遺珠，冇咗個假假哋都叫做Black and White嘅承諾，你寫字嘅話，起碼我容易搵返啲根據。」

她跟我說了一個簡單的例子，當年有一個活動，客戶明明說舞台前放二十張椅子，就足夠給當天的VIP坐，於是她就去安排了。結果活動當天早上，客戶突然問：「點解得二十張櫈咁少？」她說：「係你要求㗎嘛！」客戶反口，我朋友就先處理問題，馬上安排更多椅子給VIP坐。

活動結束後，客戶非常感謝她的靈活應變，卻又想秋後算帳，反問她之前提出的要求是什麼。幸好我朋友當天標記了客戶的那段語音留言，她便傳給客戶聽，客戶最後也有向她道歉。

我覺得她做得非常正確。

朋友們，最後還是那句話，做人不應該將自己的快樂，建築在別人的痛苦身上；職場上，也不應該用自己的方便，建立在別人的Workload上！

自瀆

#林家謙 #某種老朋友

最近有個移民差不多十年沒見的朋友回來香港，我跟他以前不算太熟，平時見面都是一大群人一起吃飯喝酒，從來沒單獨跟他聊天。

當年也不是抗拒他，只是沒機會成為好朋友，也有可能是大家話不投機，所以沒機會吧，都是先有雞還是先有蛋這樣的問題。總之我們從來都沒有變成深交的朋友。緣分這回事，我向來是這樣看待的。

後來他回來約了個飯局，我自然沒有很雀躍地說要去赴約，但身邊有個好朋友一直叫我陪他一起出席。我又耳根軟，就答應了。

到了飯局，那個十年沒見的朋友選了一家非常昂貴但食物不好吃的餐廳，還訂了包廂，讓我有點心緒不寧。當大家徐徐入座的時候，他就像主人家一樣招呼大家坐好。

人齊之後，都還沒開始上菜，這個所謂的主人家就已經喝得有點微醺，高談闊論，自吹自擂地說自己在國外的生活有多厲害：住的房子有多大、買了幾多間大宅、子女去了什麼高尚學院讀書、他們多麼孝順、老婆和他多麼恩愛、經常換名車、今次回香港的主要目的是買名表和名牌奢侈品等等……我想我當時的表情是一邊翻白眼，一邊用力盯着那個叫我陪他來的朋友。

飯局中還有很多好久沒見的朋友，大家各自聊天，談談近況。但每當有人想談自己的話題時，這位朋友都會插嘴，什麼話題都與他有關，什麼話題他都能變成一位專家。由天文地理到別人的專業知識，再到照顧子女的難題、婆媳關係等，他都如同大顯神通，一一發表偉論。我相信當時飯局中的所有人，都覺得很無趣。

吃到中段，他已經從微醺變得有點醉了，更加口沒遮攔，開始毫不避諱地問一些年輕朋友的收入、工作狀況等。有幾個人不好意思不回答，還很老實地說出來了。然後他自誇自己是人生勝利組，自我炫耀一番後，就開始激烈批評別人，還不停問他們有沒有五年、十年計劃，覺得自己十年後會成為一個處於什麼位置的人等等……講完這些，又開始炫耀和批評別人！這個時候，以我的性格，當然出手啦，我忍不住提高聲浪說：「再咁傾落去，呢餐飯就係我哋呢班朋友嘅最後晚餐㗎啦啵！」

全場安靜了一會，當這位朋友想發言的時候，他老婆用眼神瞪了他一眼，他才有點自討沒趣地閉嘴。

其實我當晚說出這句話的時候，就已經知道這將是我跟這個人的最後晚餐。

最後，這位當晚扮作主人家，選了這家昂貴——也就算了，最重要是不好吃的餐廳的人，當然沒有主動結帳。我們也沒太在意，只是覺得他太不體貼，那餐飯的人均消費可能是席中某些人三分之一的月薪。

不過，我也不太後悔去參加，因為我學到一些東西。首先，有些人在我們生命中出現，就是反面教材。而這個人教會我，如果將來有一天，我成為了他口中那麼成功的人的時候，也不要變成像他那樣子；然後，我學會要更相信自己的直覺，明知是可能有陷阱的飯局，真的要選擇性地堅持，不想去就不要去。畢竟，每一頓飯、每一次酒局、每一個聚會都值得珍惜，而珍惜的方法，就是只出席值得珍惜的場合。

這次飯局，我覺得是一個本來很自卑甚至渺小的人，在利用一群朋友的真心和金錢去搭建一個舞台，讓他自己演出一場自認為是表演的表演。而我們這些觀眾，其實只覺得他在自瀆。

做好這份工

#鄭秀文 #交換溫柔

話說我幾年前住過一棟大廈，管理公司派來的管理員大約有六個，全部都是叔叔輩，非常有禮貌，還會記住住戶的姓氏，出入都會打招呼，早上也會說聲早晨。

後來來了一位年輕人，我目測他大約二十四歲，皮膚非常白皙，好像從來未曾接觸過陽光似的，頭髮總是亂糟糟，典型的宅男形象。

他的工作態度和其他叔叔很不同，當住戶出入時，他總是低頭看報紙雜誌，或玩手機，從來不會抬頭跟人打招呼。即使我作為住戶，走進大廈大門時跟他打招呼，他也不會抬頭回應。當時我心想，如果我的兒子像他這樣，我一定會懷疑自己前世是否做錯了什麼。

有一次，他在非常不適當的時候，拿着雞毛當令箭——我那幢大廈的業主的車需要使用升降機上去停車場。那天我開車出街時，剛落到地面就突然想起忘了拿東西。因為趕時間，我就暫時把車停在地下的訪客車位，打算快快上樓拿回東西就開走。那天正好是那位白面年輕宅男當值，他告訴我不能把車停在那裏，我解釋我只是上樓拿點東西，兩分鐘後馬上把車開走。他竟然要依足規矩，繼續講我不能把車停在這裏。我懶得跟他說，匆匆上樓拿回東西便離開，所用的時間確實不到兩分鐘。

後來我有機會和一位比較相熟的管理員叔叔聊天，我問他為何其他叔叔都做得那麼好，而管理公司卻容許一個不懂得如何做管理員的年輕人在這裏存在。

他的回答讓我明白了真相：「余生啊，其實你唔係第一個住客同我講對佢有不滿㗎啦，好多住客都投訴過佢，但係佢其實係管理公司其中一個中高層嘅仔，個老竇見個仔讀書讀唔嚟，乜嘢工都做過，例如做零售、侍應、倉務員等等，個仔都嫌辛苦，然後又同啲同事夾唔嚟，咁而家政府有咗最低工資，佢老竇就申請咗佢入嚟做囉……其實公司都講過話炒佢好耐，但係佢老竇都保住佢咁囉。」

世事有時就是這樣運作！

終於，在那年的農曆新年，我的報復時刻終於來臨！大年初一出門時，許多管理員都在門口排隊向住戶拜年、收利是啦。我拿着一疊利是逐個派發，輪到那位白面宅男時，我故意跳過他，用姿態告訴大家，我不滿他的工作態度。我不知道這樣做有沒有什麼意義，但我想藉這個機會表達我的想法。至於那位年輕人的下場我就不清楚，因為我不久後便搬離了那棟大廈。

多年後，我竟然遇上了類似的情況——話說我晚上上班，每星期會有幾晚進出一棟工廠大廈，那裏經常有不同的管理員當值，而晚上只有一個管理員。所有叔叔輩分的管理員，我們彼此都會打招呼。唯獨一位與當年那位「白面仔」一樣的年輕人——同樣皮膚白皙，頭髮總是亂糟糟——每當有人出入，他也從未抬頭看一眼，更不用說打招呼，他總是低頭玩手機。

我當然不會投訴，只是心裏感慨這就是最新的香港社會生態，而這個生態正孕育這些廢青，令他們也有一個工作機會。

最近農曆年期間，又發生了一件事。那晚我泊車後如常進入工廠大廈，我準備了利是派給當晚值班的管理員，但沒想到我剛下車，準備走向管理員更亭派利是時，管理員叔叔卻先跑出來，拿着一封利是向我拜年。我當然立刻向他拜年，也派了利是給他。

我很感謝他給我的利是，但真的百思不得其解，竟然有管理員主動派利是給我！而我和這個管理員的交集，最多也就是出入時打招呼，天冷時提醒他晚上要多穿衣服等等，這些舉動竟換來那一刻的溫柔，我覺得很窩心。

朋友們啊，無論你在社會上身處或高或低的崗位，都應該盡你所能去尊重自己的工作。最簡單就是問自己，是否做好了自己的工作？

#王菀之 #粒糖有毒

最近，我有一位女性朋友失戀了。她一整天呼天搶地，說男朋友移情別戀，與她的閨密一起了。她不停地尋找二人偷情的線索，甚至與閨密大吵一場，閨密也不知如何安慰她。

閨密跟她坦白，她男朋友曾找自己聊天，但只是埋怨與她在一起時有點窒息的感覺之類的小事。但我朋友堅決不信，最終更與閨密絕交。

之後她變得無比執著，死纏爛打，到前男友公司樓下等待對方、約見前男友的媽媽吃飯聊天、聯絡前男友的朋友們訴苦，嘗試找出「真相」。最終，前男友忍無可忍，約她單獨見面。席中，前男友告訴她：「你唔好再搞咁多嘢啦，我哋嘅故事已經完結咗，你可唔可以接受事實？」我的朋友當然又再次一哭二鬧三上吊，而前男友也忍不住，對她說：「我唔再愛——」然後我朋友用手捂住他的嘴巴，哭喊：「你唔好再講落去喇！」

事情就此暫告一段落，這次似乎真的分手了。

世事真的很有趣，我們面對一些事，找不到真相就永不罷休；但當我們將要得知真相時，又有沒有衡量過自己能否面對和接受？

我知道這件事後，就對這位朋友說了以下的故事：

試想像你登山時，被一條毒蛇咬了一口。此刻你最應該做的，是馬上趕到醫院求救，但你沒有，反而跑進叢林，試圖找回那條毒蛇，質問牠為何無緣無故咬你！你想控訴牠，問清真相，為什麼牠要咬你！你沒有得罪牠，牠不應該咬你……

我們這些凡人，很喜歡費盡心思、用盡全力，去找出讓我們痛苦的源頭，然後控訴，以為這樣可以減輕痛苦。然而，我們卻不懂尋找方法，幫助自己減輕痛苦。當我們正尋找源頭、加以控訴時，毒蛇的毒素正不斷滲入身體，直至我們身亡！

真正療癒的方法，是我們不應再尋找外在的答案，因為這樣未必能幫到自己；而是轉向內心，尋找內在原因，然後拆解、成長。

愛與懂愛

#劉美君 #愛是無涯

許多情侶總聲稱自己很愛對方，但不論你多麼聲嘶力竭地告訴對方你愛他，你又是否真正明白，「愛一個人」和「懂得愛一個人」的分別呢？

這個題目我在《迪迪的Diary》中寫過，最近又再遇上一個類似的故事，想在《迪迪的Diary 3》中跟大家分享。

話說我有一位男同性戀朋友，大約二十多歲，未滿三十。他是家中的獨子，與父母同住。由於他到了這樣的歲數，父母經常催促他帶女朋友回家吃飯，他們是那種希望兒子盡快拍拖、結婚、生子、組織家庭的典型父母。這位朋友一直很想向父母出櫃，奈何自己近年都沒有一段穩定的感情關係，所以他認為時機未成熟，希望待日後發展到一段長久穩定的關係時，再作打算。

最近，他和拍拖兩三個月的男朋友發生了一點爭執，他覺得對方不夠成熟、體貼、關懷，因此主動提出大家先冷靜一下，暫時不要見面。男朋友也同意了，於是他們已經有幾星期沒有見面。不過沒見面不代表沒聯絡，他們每天仍有透過WhatsApp互相問候。

直到上星期，男朋友如常在早上傳來一個訊息，向我朋友問好；我朋友如實回覆，表示自己患上感冒，請了病假，在家休養。男朋友便回覆他要好好休息。到了晚上，我朋友的爸爸下班回家時，手上拿着一束紅玫瑰和一碗外賣粥，然後對兒子說剛才回來時，看更把這些禮物交給他，說是放工時間有位男生送到管理處。

我朋友聽到後猶如晴天霹靂，他接過那束玫瑰時，看到花束上附有一張字條，寫着「早日康復」、「愛你」之類的話，還有一個男人的署名。當時，他的父母面色凝重，似乎有很多話想對兒子說，但可能知道他生病，所以一言不發，但他們應該已經猜到事情的真相。

我朋友說，當時他的大腦根本無法處理那麼多事情，只是感到十分憤怒，男朋友為何要在這個時候，以這種方式在無形中給自己極大壓力，還讓父母在完全不適當的時機下，被迫面對事實。

那晚，他實在忍不住，發了一則分手訊息給男朋友。他之前認為男朋友身上所有的不是，都在這件事上表露無遺。沒想到男朋友竟回覆指，那不就正好給了我朋友一個機會，可以跟父母出櫃嗎？

我朋友收到這訊息後更加氣憤，心想：出櫃這件事，是屬於我自己的，怎樣鋪排、如何等待最好時機，應該由我掌控。你不懂體諒別人感受，反而還想扭曲事實，換個角度來試圖為自己加分？所以他更堅定了分手這決定。

愛一個人，其實很容易，而且往往都是盲目的，這個故事就是一個很好的例子。那束花、那碗粥，當然有愛，但「有愛」與「懂得去愛」，當中的分別，足以令原本溫馨的舉動鬧出大麻煩，令事情收不了場。

因此，我們每個人都應該學會珍惜身邊那些「懂」得愛你的人所做的一切！

偏心

#張國榮 #偏心

我在小學三、四年級的時候，有一次去一位同學家中作客。他的家境看起來相當富裕，房子寬敞，有很多間房間，裝潢華麗，有工人，也有一些藝術擺設。在那個年代，都算是非常富裕的家庭。

我記得那天下午去到他家時，他的姐姐、工人和媽媽都在。不過那位似乎是媽媽的女人，我同學卻稱她為Auntie XX。當時我馬上找個機會暗中問他，為什麼叫「媽媽」做Auntie XX。這時我才知道原來她並不是我同學的親生母親，而是繼母，而他姐姐就是這位Auntie的親生女兒。

這位同學的姐姐與我們年齡相若，都是小學高年級學生，所以那天我們三人玩得很開心。

玩到一半，Auntie走過來問我們餓不餓，要不要吃下午茶。我雖然年紀小，卻也懂得禮貌，連忙說不用了，但同學的姐姐說想吃。於是Auntie

便從錢包拿出一些錢，交給工人，吩咐她下樓買些食物給我們。當時我們都不知道她叫工人買什麼食物。

不久，下午茶到了，工人在樓下茶餐廳買了三個麵包。Auntie先從袋中拿出兩個菠蘿包，遞給我和我同學，然後拿出沙嗲牛肉包給他姐姐。我同學當時感到奇怪，隨即道：「Auntie XX，我都想食沙嗲牛肉包喎！」他姐姐聽到後，立刻將自己的沙嗲牛肉包遞給弟弟，我同學接住了，但Auntie馬上搶回那個麵包，再遞給姐姐，並大聲說道：「你家姐鍾意食沙嗲牛肉包吖嘛！」

我親眼看到我同學十分難過，幾乎落淚，他與我對望，然後吃下手中的菠蘿包。

那一刻，身為客人的我不會多想，當然覺得無所謂，人家招待你，給你什麼下午茶就吃什麼。但我相信，那是我人生中第一次見識到什麼叫做「偏心」和「小氣」。

我不知道那位同學後來在那個家庭中如何成長，因為之後我們已沒有聯絡。只希望他在那樣的家庭環境中，仍能健健康康地成長。

成年後我認識一位朋友，她是家中的長女，有三個弟弟。她的家庭極度重男輕女，她從小到大在這樣的環境中成長，遭到不同程度的忽視，甚至虐待。她畢業後，找到一份普通文員的工作，然後認識了一個男人。她坦言，雖然她不是特別喜歡對方，卻很喜歡對方的條件——有錢，於是她很快就與對方結婚。她說，當年作出這樣的決定，只是因為想盡快離開原生家庭。

婚後不久，她生下了一子一女，誰知老公竟對孩子毫不關心，常常聲稱在內地工作，後來她暗中得知對方在內地包養二奶、三奶。不出所料，這段婚姻很快就以離婚收場。她獨自撫養兩個孩子，幸好有足夠的贍養費可以維持生活。她認為可以快快樂地陪伴孩子長大，即使沒有男人也無所謂。

到了約四十歲，她竟然遇到第二春。對方不介意她有兩個孩子，因為對方亦曾結婚，沒有子女。兩人再婚，她以為可以過得幸福愉快，然而，婚後老公極度偏愛女兒，常常打罵兒子。我朋友在那幾年間，終日抱着兒子以淚洗面，生活悽慘，而老公後來亦對她拳打腳踢。如是者又過了一段日子，這段婚姻也結束了。

自我小時候見識「偏心」，到長大後了解到「偏心」釀成的災難，真的可以影響人的一生！可惜人往往極易跌入偏心的陷阱，畢竟對某些事物或人有偏好，是人之常情。

那應該怎麼辦呢？唯有多警戒自己，不要跌入這個陷阱！

進步

#劉德華 #倒轉地球

最近我認識了一位新的女性朋友，她一個人獨居。某天晚上她邀請我到她家，說想為我煮一頓家常菜，也想與我談談她的感情問題。

當我到達時，她剛下班回家，說要先洗澡。她洗澡後便進廚房準備晚餐，而我則借用了洗手間。這時我發現，她的洗手間原本不是濕廁，即沒有淋浴間，用花灑洗澡後馬桶會濕的那種。因為她的洗手間雖然沒有浴缸，但其實是有淋浴間的。然而我不明白她為何沒有安裝浴簾擋開洗澡的水，那麼洗澡後就不會弄濕馬桶。當我借用洗手間時，我花了很多時間抹乾廁所板。我當時覺得有點奇怪，但畢竟第一次拜訪她的家，我也不好意思多問。

晚餐時間到了，其中一道菜是麵豉醬蒸撻沙。我十分感激，因為我很喜歡吃這道菜式。但奇怪的是，明明是一條完整的魚，碟子也比整條魚長，我不明白她為何把魚從中切成兩段，前半條魚放在上面，後半條魚放在下面。以我的性格，我當然忍不住立即問她洗手間和蒸魚的問題。

她的回答是：小時候家中一直都是這樣的！即是她小時候，家中的洗手間就是濕廁；她又說，小時候媽媽蒸魚時一向把魚切開來蒸，她沒有深究過原因。

我告訴她：「可能因為你細個嘅時候，屋企嘅廚房設備冇咁齊全，可能個鑊就用咗嚟炒餸，而用嚟蒸魚嘅煲，又唔夠大唔夠長，所以你阿媽先至要將完完整整嘅一條魚切開一半囉！問題係，你而家自己長大咗之後，算賺到錢，高薪要職啦，都冇諗過可以改變！咁樣係有啲奇怪㗎，因為你出去酒樓食蒸魚，人哋都唔會將條魚切開一半上枱啦！」

吃完晚飯後，她帶我參觀卧室。更讓人意外的是，窗邊早已安裝好窗簾架，她原本可以簡單地買一些現成的窗簾掛上去。但她卻將一些透光的牀單，加上夾子夾在窗邊，早上一定會很光亮。我當然再次問她為什麼會這樣，答案仍是一樣，她小時候住公屋時，窗簾就已是這樣。

之後，我們喝了幾杯酒，就開始聊她的感情問題。

她說最近和男朋友吵架，起因是男朋友與她外出慶生，花很多錢吃了一頓生日飯。

我聽後說：「睇你自己住喺呢間屋，見到你嘅生活係點，就明白你點解會同男朋友鬧呢場交——明明人哋覺得要同你慶祝，覺得你值得咁樣被慶祝，你反而覺得自己唔應份、唔值得得到⋯⋯係你墨守成規，唔覺得自己要進步；或者覺得自己唔需要進步，冇諗過自己點解要進步。」

我又說：「擺到明，外在條件同環境已經同以前好唔同，你已經有非常之大嘅進步，但係你選擇裹足不前——有個沖涼格，都唔裝浴簾，寧願自己日日死死地氣咁去抹馬桶；條蒸魚，明明可以完完整整、靚靚仔仔咁樣上枱，你又要斬開佢一半；瞓覺嘅時候，可以喺完全漆黑嘅環境下享受睡眠時光，你都冇諗過去整窗簾……呢啲都係因為你太冇智慧，唔識得擁有自己應該Deserve——值得擁有嘅嘢囉！」

這一席話後，她沒有生氣，還主動哄男朋友。

還好她還有智慧，可以被我點醒，這類人還算有救！有些人，如果愚蠢至極，即使把事實說給他聽，他還覺得你怪錯他的話，這類人只會阻住地球轉！

花園

#陳曉東 #白襯衫·藍色憂傷

最近有個親戚的兒子跟我聊天。他大約三十歲，他說這幾年感覺自己的存在價值很低，生活上除了工作，就是跟朋友看電影、喝酒，閒時跟家人聚聚，沒什麼特別的興趣或嗜好；工作上也沒什麼突破，和他同一時間入職，同年齡同級別的同事升職都比他快；身邊同齡的朋友大部分都有伴侶，甚至結婚了，他卻還單身，怎麼追女生都追不到。

我和他聊了一會兒，就先從他的外表說起。我說我不是要改造他，因為不一定要穿得多時髦，或全身名牌衣物才對，但至少外表要讓人覺得整齊乾淨。

他的頭髮看上去常常都油油膩膩的，衣著也太隨便，最重要的是他的眼鏡，兩塊鏡片永遠油油的。我說：「有時外表嘅嘢，唔係話你要點樣着得標奇立異，比其他人出眾，咁先會突圍而出。但係如果你俾人個感覺係你唔會打理自己或者你係一個唔識打理自己嘅人，咁喺任何場合任何情況之下，尤其係去到一啲充滿陌生人嘅環境嘅時候，莫講話人哋會想主動同你傾偈，或者留意你呢個人，直情見到你，都可能扮見唔到啦。」

我接着說：「我曾經做電視台某個節目嘅時候，遇到嗰個節目嘅幾個唔同嘅PA，即係節目助理。而喺咁多個PA裏面，其中一個永遠係做得最差嘅，而嗰個人副眼鏡，就係永遠油淋淋嘅。我當時有少少明白點解佢會做份工做得唔好，因為當你深層次啲咁去諗：如果一個人可以整日容忍到佢個世界係朦朧嘅，根本個世界佢都睇唔清楚，佢又點會有能力做好嗰份工呢？」

然後我更深入跟他說，他怎麼能改變自己眼前的世界：「我最近唔知喺邊度睇咗句咁嘅說話——如果你去追捕一隻蝴蝶，你有機會捉到佢，亦都有機會捉唔到佢，個機會我哋當一半半啦；但係如果我哋識得換過個玩法，我唔去追隻蝴蝶啦，我建造一個花園，咁啲蝴蝶咪自己會飛埋嚟你個花園囉……」

我們的生活中，身邊所有事情，無論是人際關係、工作、愛情等等，其實都差不多同一個理論：先低限度地武裝好自己，身邊的東西不用刻意追求，它們自然會過來！

CHAPTER 4

吟到盡頭_

吟

最孤單的時候

#王菀之 #心掛掛

最近參加了一次快半年沒見的朋友聚會。

朋友A說：「近呢一年成日放咗工之後，由黃昏到夜晚都好忙，因為好多屋企人同朋友移民咗去加拿大、英國嗰啲，所以成日一放工就會開始搵嗰啲朋友傾偈，傾完英國嗰批，就傾加拿大嗰批。咁樣搞到我男朋友都開始投訴，佢一得閒想約我食飯睇戲，我都成日要推，因為約咗嗰邊啲朋友要傾偈……」

我對她說，其實這樣的生活相當充實，只要妥善安排時間，男朋友自然不會投訴。我跟他們聊天時突然想起，當年剛回香港工作時，很多家人和朋友都在國外，我常常在晚上打電話給他們聊天，總之掛念誰就打給誰，先打給加拿大的那些朋友，然後又打給美國那邊的朋友。你要知道，當年沒有FaceTime、WhatsApp，整天在電話聊天。大家還記得當年長途電話費很昂貴吧，我記得每個月收到電話費帳單時都嚇一跳，然後對自己說：這個月不要再聊這麼多了！但下個月的電話費卻更高。這沒什麼大不了，你愛你的家人、朋友，掛念他們，花些錢去填補這些牽掛和空虛，當時覺得非常值得！

時至今日，我簡直是到濫用科技的地步——家裏魚缸中的魚死了、煮飯時打破了碟子、吃了一頓美味的飯菜，我都會立刻打電話跟國外的親朋好友分享。

突然間，一直沉默很久的朋友B說：「你哋就好啦，起碼個心裏面有啲咩雞毛蒜皮嘅事，都想同人分享。又有啲親朋，你哋係好掛住佢哋嘅，好有愛囉！我呀，自從甩咗拖之後，我啲夜晚都變成好孤獨，有時想搵吓你哋傾吓偈，你哋都忙緊。漸漸，我啲夜晚就只係會攬住個電視機咁過。到某一日，你覺得乜嘢電視汁都撈晒嘅時候，真係想搵吓朋友傾偈，最慘係我諗唔到邊一個我係好掛住佢嘅人啊！所以漸漸咪變到更加獨家村囉！今晚餐飯，如果唔係你哋咁大力約我出嚟，我可能都係喺屋企睇緊啲唔想睇嘅電視劇集咋！」

我們幾個朋友聽了他這番話，都感到十分唏噓。我是第一個站起來走過去抱住他的，並對他說：「傻豬嚟嘅，我哋仲喺度吖嘛！」然後我們幾個朋友便相擁在一起。

之後我們決定，這麼好的朋友，不能半年才見一次，便決定至少兩個月見一次，甚至更頻繁。

我想那晚吃完飯回家後，我們每個人回家後都會想：朋友需要互相守望，而孤獨會慢慢蠶食生活，甚至生命！

我當晚聽完朋友B的話後，我得出一個結論，就是：原來最孤單的時候，是你心中沒有一個人你想與他分享身邊發生的一切瑣碎事，沒有一個人是你真心掛念的！

救人的藝術

#梁漢文 #救生圈

最近有位朋友向我訴苦，說這幾年一直被一些家事困擾。

事情是這樣的：她的哥哥與阿嫂結婚才一年多，哥哥便有了第三者。阿嫂發現後傷心欲絕，與哥哥爭吵了將近一年，哥哥甚至對阿嫂施以暴力。最終他們以離婚收場，幸好二人還沒有孩子。

由於阿嫂與我朋友年齡相若，因此她十分同情阿嫂，二人成為閨密。阿嫂每天以淚洗面，加上因抑鬱導致荷爾蒙失調，惹上一些婦科疾病……我朋友天天照顧她，看着自己昔日的阿嫂有這樣的遭遇，內心同情之餘，亦痛恨哥哥對她這樣差，更自責自己有一個這樣的哥哥！

她說，每天看着一個女人無依無靠，日漸消瘦，情況慘不忍睹，但自己又無計可施。她經常與對方一同抱頭痛哭，似乎是感覺到自己幫不上忙，有很大的內疚感。

我聽後，對她說了以下這個故事：

有一個人掉進井裏，你想救他，就要先拋下一條繩子到井底。如他願意自救，他得主動拉住繩子才行。而你在井上，如果想就這樣用繩子拉他上來，你未必有足夠的力氣。最好的方法是先將繩子的另一端綁在一棵結實的樹上。如此，至少不會整條繩子掉進井中，然後你就可以在井上用力拉他上來；而井底的人，最好把繩子綁在自己身上，然後再用力拉住繩子，把自己拉上去。

我說的這個故事有幾個層次：

第一，阿嫂是否希望被拯救？她知不知道別人想幫她？她自己又有沒有努力配合？這就等同她在井底，是否懂得把繩子綁在自己身上？這是關鍵。

第二，你想要救她，並已拋下繩子到井底，然而你也要先固定好繩子的另一端，才有機會救人！

我想表達的是：命運已作這樣的安排，事實已擺在眼前。無論過去發生了什麼，那段婚姻已經結束，那就應該思考如何衝破厄運，積極面對未來。

然而我目前聽到的是，想被救的那位，終日自怨自艾，不懂得將別人拋下來的繩子綁在自己身上。若你不願跨出第一步自救，又怎能倚靠別人來救你？

至於想救人的那位，你不能與對方攪炒，一同痛哭、怨天尤人啊！如果自己都未能站穩，又有何資格去拯救他人？最壞的情況就是兩個人一起跌進井裏啊！

救人的藝術，真的不簡單！

距離

#謝安琪 #囍帖街

我有一對拍拖、同居多年的情侶朋友，在疫情前他們已經計劃結婚，怎料遇上疫情，唯有延後婚期。

在疫情期間，大家需要經常Work form Home，又無法出國，天天在家面對對方，結果二人經常爭吵——以前同居時，他們從未試過一天二十四小時面對面。最終，二人吵架吵到女方搬回自己的家，表示需要分開冷靜一下。

當時其實雙方都不想分手，只是需要一些空間和距離讓彼此自處。在分開的期間，他們仍然經常聯絡，也有見面，沒有去尋找新伴侶。

如是者過了一段日子，疫情結束了，他們立即一起去了趟長旅行，然後開開心心地回港，女方也搬回男方家中繼續同居。事過境遷，大家都認定對方是可以共度一生的人。近月，他們已經開始籌備明年的婚禮啦！

而在婚前，當然要做婚姻輔導，而其中一位婚姻輔導員，就是他們的朋友——我。

我聽完他們的經歷後，語重心長地提醒他們要小心面對這段婚姻，因為在他們多年來的感情經歷中，似乎都需要用「距離」來維繫。你們想想：疫情前，彼此沒有太緊密的相處，當關係出現問題，只要單獨或一起去旅行，就好像什麼事都解決了；而疫情期間的相處，就是對關係的重大考驗，他們卻無法順利過關；疫情之後，經歷過分開，他們仍然覺得對方最好，才會再次走在一起。但這次復合，其實有沒有真正解決最初的問題呢？

最後我給他們一個議題討論：為什麼一對戀人希望彼此更親密的時候，反而要靠「距離」來修補關係？一段良好、健康的關係，是不是應該要靠「距離」來維繫？

愛情有很多階段，最初一定是激情、熱戀，然後到平淡、習慣，成為朋友、家人……在這些階段裏，我們會學會更欣賞對方、更珍惜對方、更愛對方——的同時，也可能會厭惡對方、不再欣賞對方，甚至奚落對方。

真愛的考驗，就是當你們在愛情路上觸礁時，如何學會繼續去愛對方。而若只用「距離」去拉近彼此關係，絕對不健康。

這對情侶最後也很感激我提出這些建議，讓他們嘗試看清這段關係，思考該如何長久地維繫下去。現在他們正嘗試學習，然後才真正決定要踏入結婚禮堂。

在很多愛情關係中，我們都是渾渾噩噩，明知道有問題都不去解決，然後又迷迷糊糊地認為只要在一起就是一切，復合時也不理會之前存在的問題。而這種復合，未必是因為自己仍然深愛對方，可能只是因為兩個字——孤單。

如果你正經歷的關係，是要用這種方式去延續的話，會否很危險呢？

距離產生愛?

#鄭秀文 #不要驚動愛情

我認識一對已婚多年的夫妻，他們在過去十多年的相處中，無論發生大大小小的爭執，甚至爭吵後的冷戰，每次都能輕易化解。而化解的方法，其實是可以隨生活而安——那是甚麼意思呢?因為二人的工作需要不時到外國公幹，每次一去就是一個星期，甚至兩三個月。對他們而言，在這些日子，大家都不用用心解決問題，因為每當關係出現問題時，只要其中一方，或二人都出國公幹，二人便會思念對方，遠距離地聊天，就這樣，什麼問題都自然化解了。

直到疫情那幾年，我相信很多人都如這對夫妻一樣，即使已經共處多年，也未曾試過連續多日、星期、月、甚至年，被迫困在同一屋簷下，朝夕相對。到疫情稍微緩和，仍得Work from Home，繼續日夜相對。所以，這對夫妻也敵不過疫情帶來的影響，離婚收場。

無獨有偶，我認識另一對情侶，他們交往了幾年，同居也有兩年左右，時不時也會發生大大小小的爭執。每當出現這些情況時，女方便會回娘家住幾天，男方則會哄她回來，很快就能和好如初。

近月他們又大吵一場，女方甚至提出分手，並搬回自己的家。剛巧，在發生這次爭執前，他們早已預訂好機票、酒店、車等，準備到日本旅行，又已向公司請假，實在不能不去。沒想到，去完日本旅行後，二人竟然又和好如初！（他們的後續故事記錄在上一篇。）

有時我會想：為什麼有些愛情關係，很多時都需要靠更遠的距離，才能把兩個人拉得更近？這是否正是老生常談的「小別勝新婚」呢？如果一段關係需靠「小別」來維繫，那這段關係是否不夠健康呢？歸根究柢，是因為彼此不夠相愛？還是根本不懂得怎樣去愛對方？

以我父母幾十年的婚姻關係為例，兩夫妻相處，怎會沒有爭執。（雖然在我的記憶中，我沒有真正見過他們吵架，只見過冷戰幾天。）在那些日子裏，為了生活，他們每天在舖頭埋頭苦幹，同時又要養育一群子女，根本沒有條件離開這段關係。遇到問題，可以行開幾天？出門旅行？我媽媽又不能回娘家。我相信他們最重要的相處之道，也就是相處之道的最高境界——忍讓。

再提一次，他們當年是盲婚啞嫁。在這個時代，很難想像兩個陌生人，第一次見面就要準備與對方一輩子日夜相處。這反映出另一個結論：我們這一代的愛情關係，是否在各方面都過於自由？又或是自以為擁有了過多的自由，而這些所謂的「自由」，是否容易抹煞了一段原本值得耕耘的關係？

最後還是那句：一段健康的關係，不應該靠「距離」來維繫的！

心中的尺

#鄭秀文 #值得

每個人對一件事有所付出後，往往都會比較所得的回報是否成正比。我相信每個人衡量的標準都不同。

例如，我以前在外國居住的時候，很多報紙雜誌都附有優惠券，剪下來後可以在超市結帳時交給收銀員，逐張優惠券扣幾毫。當年有些同學真的很空閒，每星期會花好幾個小時剪優惠券，週末去超市時就拿出一大疊慢慢使用；我媽媽也是這樣的。但我當時覺得，與其為了那幾元花費這麼多時間，不如省下這些時間去做多一兩個小時Part-time，反而賺得更多！

又例如有些朋友在使用信用卡方面非常精明，哪一張卡可以累積最多飛行里數，哪一張卡儲得多分，換禮物最划算，他們瞭如指掌。我覺得這真的不簡單，因為要花很多時間和心力去熟讀所有單張、細則、條款之類。我這種無心無力，覺得自己沒有這些時間的人，即使銀包裏有很多張信用卡，我也只會盡量用那一兩張有現金回贈或可以儲里數的卡，因為這樣既方便又直接。所以，每當有人叫我申請某張信用卡，然後要我在首月簽多少錢才有幾多幾多回贈，又要我計算日子、簽帳額等，我一定不會成為他們的客戶。每次有這類優惠，我都覺得我不會花心力在這些事情上，我寧願多睡兩小時，或者接多幾個Job。

重申，我並不是因為很有錢，就不在意這些小便宜，不過人人都有不同的價值觀，各人對事物的重要性有不同想法！我覺得與其花精力去省錢，倒不如花精力去賺錢，更加划算！

說起來，早年我有一位男性朋友，懷疑他的女朋友出軌，問我應不應該跟蹤對方，甚至聘請私家偵探調查。我毫不猶豫地告訴他，我從不認同情侶間因不信任而作出這些行為，因為這樣做並無意義。

他當然沒有聽我的建議。接下來幾個月，他花了很多錢聘請私家偵探，又花了大量心思偷看女朋友的手機、電郵，甚至跟蹤對方。結果，他真的查到不少蛛絲馬迹，與女朋友攤牌，對方最終與他分手。

他們分手一段長時間後，我在一個聚會中碰到他的前女友。大家喝了幾杯酒後談起當年的往事。女方表示，當年她很氣憤男朋友這樣調查她的事，一時氣憤才分手。她說，雖然當時她身邊確實有追求者，但若非男朋友如此不信任她，她根本不會與其中一個追求者開始另一段感情。

世事往往就是這樣，有時候其實很簡單，你的不信任，反而推波助瀾，使另一段關係萌芽。

如果我是當時那位男朋友，當我懷疑伴侶出軌時，是否應該用更多心力去愛身邊這個人，而不是花費金錢和心力去蒐集證據呢？

也許正如我前面所說的，這是價值觀的問題。那位男朋友可能認為，找出真相，比衡量雙方是否仍然相愛來得更重要。

呃錢

#許冠傑 #打雀英雄傳

農曆新年期間，大家當然會玩一些小賭博來應節。其中一樣非常熱門的農曆新年賭博，就是魚蝦蟹。我很小的時候就認識這項賭博活動，因為每逢農曆新年，我姨媽一家人總會來我們家，連續幾天在我家吃喝玩樂，總之睡醒就吃東西，大魚大肉，然後大人開始打麻將，小孩子們則玩啤牌、魚蝦蟹。所以我想我剛學會走路，還是個嬰兒的時候，就已經會玩魚蝦蟹！

有一年，剛過了農曆新年幾天，姨媽一家都回自己的家了，家裏突然變得很安靜。那晚吃過飯，爸爸攤開報紙剝橙吃。我對他說我很想念魚蝦蟹，想再玩一次。我想我當時大概是幼稚園高班的年紀。爸爸說：「都過晒農曆年咯，仲玩乜鬼魚蝦蟹啫！」我就一直發脾氣，堅持要玩，然後他說：「嗰張魚蝦蟹嘅紙，已經俾表哥佢哋攞走咗返屋企，想玩都冇得玩啦！」

然後我就叫他去街上再買一張……諸如此類。爸爸當然沒有去買另一張魚蝦蟹紙，他在面前那張本想包着橙皮丟掉的報紙上面畫了個十字，然後在四格裏分別畫上魚、雞、金錢、葫蘆這些圖案，然後叫我拿零用錢出來下注。他做莊，用切橙的刀在十字格中央轉動，說刀尖停在哪個圖案，就算哪一格贏。

我立刻拿出所有零用錢，跟他拚個你死我活！當然，那時我還小，不懂計數，他每局有四分之三的機會贏，我只有四分之一的機會。很快，我就輸光所有錢。

他不停大笑，而我輸光錢後就大哭，大聲到連媽媽都從廚房衝出來看看發生什麼事。我告訴媽媽爸爸騙走了我的錢。媽媽了解情況後，她和爸爸兩人都大笑，而我則看着桌上那堆零用錢，繼續哭泣。

我記得最後爸爸有把零用錢還給我，還解釋說這種賭博方式不公平，叫我長大後千萬不要像這樣被人騙光所有錢。我當時怎能聽得懂，如果他調轉次序，先解釋完再還錢，我大概會明白得多。當日我收到錢後已經很開心，根本沒心機聽他說話。

這個故事其實教會了我兩件事：第一，要懂得計數；第二，要學會不要讓人騙錢。

多年以後，回想這段經歷時我仍然有點遺憾，為什麼小時候似乎已學會的東西，長大後卻全忘了呢？

直到現在，我的數學仍然不太好，而且常常被人佔便宜。唉！不想再提了……

救魚

#Swing #麵包生命

我小時候很喜歡跟媽媽一起到街市買菜，可能是因為當時我覺得街市就像我世界裏的動物園——在雞鴨鵝檔可以看到活生生的家禽，在海鮮檔又可以看到游來游去的海洋生物，我喜歡站在那裏看好久。

有一天，媽媽買了一條非常生猛的淡水魚回家，我已經記不起是鯉魚還是生魚了，多半是這兩種其中之一。當時魚檔的老闆把魚放在一個注滿水的膠袋中，我提着膠袋，看着牠不停地張口換氣，覺得十分有趣。

回到家後，我立刻在浴缸放水讓牠游泳，怎料一放進去這條魚就反肚，我當時非常難過，明明在魚檔的時候牠還那麼生猛，怎麼回到家就像快死了一樣？當時我看到牠的嘴巴還在一開一合。

媽媽見我那麼傷心，就問我是否想救回那條魚。我說是！她便從魚缸櫃中拿出一個魚網，叫我用魚網不斷攪動水面，讓水產生波浪。她說這樣做或許能救活這條魚。我當時當然半信半疑，但還是照做了！我用魚網不停地攪動水面，大約三十至四十五鐘後，我看到那條原本反肚的魚慢慢翻過身，還在浴缸中游動，我當下欣喜若狂。

長大後我才知道，原來攪動水面製造波浪，能令更多氧氣溶入水中，可以救活這條魚。

雖然那條魚當晚還是成了我們余家餐桌上的一道佳餚，但我覺得牠死得更有價值——因為媽媽在街市買魚時沒有讓魚檔老闆立刻宰魚，是希望晚上煮菜時能讓大家吃到最新鮮的魚。我覺得牠被我救活一次後才死，就是死得有價值。

最近，我家新添置了一個頗大的溪流魚魚缸。得到新魚缸，我又心急，在水質還未完全穩定前，我已經常常買新魚放進缸中。

有一天我下班後，我又去了金魚街買了幾條新魚。對溫、對水後（有養魚的人就明白我的意思，這裏不細說了；若你沒有養魚的話，你不用明白），我放了幾條新魚到魚缸後就去洗澡。洗澡後再看魚缸時，竟發現魚缸旁的地板上有一條剛買回來的魚！魚缸離地約有四呎，牠「跳缸自盡」，對牠來說這就像跳下懸崖！我不甘心牠就這樣死去，馬上撿回牠放進魚缸。

牠回到水中後，嘴巴還在一開一合，但整條魚卻一動也不動。我心想：「冇啦，一條咁寶貴同埋價錢咁貴嘅生命，就咁就冇咗！」忽然，我回想起多年前媽媽買的那條新鮮魚，我是如何救活牠的。於是我立刻調大水流，讓更多氧氣溶入水中。

我坐在魚缸旁觀察，本來還打算看《淚之女王》，但我沒有，我繼續觀察牠！約半小時後，牠由嘴巴一開一合，到左右的胸鰭開始擺動；再半個小時後，牠再次游動了！我真的救得到牠！

有時候，關於生命，你以為沒有希望了嗎？不如問問自己有沒有盡最後一分力？有時候，面對生活中的難關，你以為走不下去了，玩完了，不如問問自己有沒有盡最後一分力？

當然，有些時候即使你盡了最後一分力，結果還是無法挽回，那又該怎麼辦？你仍然可以嘗試擁抱拯救過程中的風景，無論如何也會有得着！。

耐人尋味

#鄭秀文 #親密關係

最近我除了買了一個新的溪流魚缸來養溪流魚之外，還添置了一個新的生態魚缸，養了一對鯛魚。

鯛魚的習性是怎樣的呢？很有趣，一定要一公一母一起養才可以。我在金魚街一間專門賣鯛魚的水族店中，一個放了上百條公母鯛魚的大魚缸裏，挑了一對外形漂亮的帶回家。回到家，我把牠們放進魚缸後，公魚就不停追打母魚，打到那條母魚變了顏色，牠還不斷躲藏在石縫裏，使我完全看不到牠。

第二天，我餵牠們吃魚糧，只見公魚出來吃，完全沒看到應該是牠「老婆」的那條母魚出現。如是者，連續幾天我都見不到牠老婆，我便以為公魚已經打死了牠！然而我又找不到母魚的屍體，我以為牠已經把老婆吃了。

幾天後，那條母魚突然出現了。牠很瘦，也很驚恐，很明顯是被那條公魚打得沒得吃，又常常要躲起來，一出來就被打。我當時也不知道該怎麼辦，而且又趕着上班，只好等下班再處理。

但自從那天放工後，我就再也沒有見過母魚。我每天只要一有時間就看着魚缸，差不多三個星期了都沒再見到牠……唉！這次應該真的被公魚打死了，還被吃掉啦！我只好再去金魚街買一條母魚。

放了一條新的母魚入魚缸之後，那條公魚又像從前那樣追打新老婆。我靈機一動，不如把一個小小的透明膠兜放入魚缸裏，把母魚隔離，等牠們熟絡了再放在一起，公魚可能就不會再打母魚？隔離後，公魚果然不能再打了。同時，我去請教那位賣魚給我的水族店老闆，問他為什麼他的大魚缸裏那麼多條鯛魚，牠們都不打架呢？

他說，當在有很多條鯛魚共存的環境下，公魚沒有特定目標，就不會打。但放到家中的魚缸，公魚只看到一個對象，就有可能會打。所以，如果想用隔離的方法養熟牠們，應該要隔離公魚，而不是母魚，從而讓公魚知道那個魚缸的地盤不屬於牠。隔離一兩個星期之後再放出來，牠就可能不會再打母魚啦。

這一刻，在我寫這篇文章的時候，我就是用了一個小小的透明膠兜，把那條公魚隔離起來。我看着魚缸，突然發現牠之前的老婆竟然又出現了！那代表什麼呢？原來之前那條母魚真的很怕公魚！如果養熟了這條公魚之後，牠不再需要被隔離，重回魚缸，那牠就有兩條老婆了！

這件事令我覺得很有趣，也讓我想起從前一位朋友的經歷：我這位女性朋友，當年跟男朋友交往得好好的，同居後卻被男朋友家暴，最後分手。幾年後，這位女性朋友又認識了她前男朋友的現任女朋友，兩人竟然變成了閨密。接着就有很多閨密細語——討論關於這個男人的故事，結果發現兩個女人都在某程度上受到同一個男人的暴力欺凌！最終，這一對閨密變成了戀人！

很有趣吧！原來動物如人，人如動物！不知道現在我這三條鯛魚，最終會變成怎樣的關係呢？

以退為進

#彭羚 #完全因你

早前，我朋友在公司春茗聚會中抽中了一份獎品，是一套音響組合。安裝好後，他對那種「環繞立體聲」效果樂不可支。

有一天，他來我家聚會。我那時又剛好換了一套新音響，所以我們吃過晚飯後，就決定在家看一套「砰砰嘭嘭」的動作電影。我們看得非常興奮。看完電影後，他問為何自己在家中看同一部電影時，感覺差這麼多？

我說：「冇理由㗎喎，我哋套音響組合，差唔多級數㗎喎，係咪你個Setting有問題啊？」

他帶着這個迷思離開，回到家後發了一個訊息給我，原來他的電視是50吋，而我的是65吋，差很多！然後他說他想換部更大的電視，但又怕被老婆責罵不批准。他問我該怎麼辦。

我這個「橋王之王」當然立即出招。我跟他說：「喺心理學嘅策略上面，有一樣嘢叫做『拒絕——退讓』。呢樣嘢喺職場上，或者談判場合上都可以用到。好簡單，當A想B答應一個要求，咁A點樣可以提高成功率呢？就係先向B提出一個好大嘅要求，B拒絕咗之後，A就再提出一個次等啲嘅要求，而呢個要求其實係A真心想達到嘅。B覺得A有讓步，就會認為自己有責任做出相對嘅讓步，從而答應A嘅要求嘞。」

我繼續說：「你嘅目標係換我屋企嗰部65吋嘅電視吖嘛，你先同老婆行開街嘅時候，不經意咁入去電器舖，然後睇吓啲電視機，就話你想換一部75吋嘅大電視，你老婆一定唔應承啦。然後你扮有啲唔開心咁睇埋其他Size嘅電視，再指住一部65吋嘅電視，話不如買呢部啦，價錢又平一大截！你老婆一定會突然間覺得你好慳家！」

現在，我那位朋友已經看了他的新大電視一段時間了。

其實，人與人之間，不論是同事、家人、朋友、愛人，想達成某些目標，不一定次次都使出卑鄙手段。要讓彼此心裏舒服，用對方法就可以啦！

再說，那位朋友的老婆當初根本就沒意識到，以他們家客廳看電視的距離，根本容納不了一部75吋電視！

呀！死喇，阿嫂可能會看到這一篇！

值得不值得

#陳奕迅 #兩名男子街頭相遇

最近到日本福岡旅遊幾天，之前我沒有真正造訪過這個地方，只是數年前搭乘郵輪時短暫上岸數小時，所以對福岡的認識不深。

同行的朋友說，福岡機場離市區很近，就像以前的啟德機場一樣。我便說下機後直接坐的士去酒店，他說不用啦，下機後坐穿梭巴士，然後轉乘地鐵坐兩個站就到⋯⋯由於他對當地較熟悉，我們便依他的建議行事。

下機後，我們各自推着一個大行李箱，走了大約十分鐘找到穿梭巴士的車站，然後花了約十五分鐘等車。上車後坐了半小時，再轉乘地鐵，拖着行李走來走去，走出地鐵站後又走了差不多二十分鐘才抵達酒店。

我說：「早知咁轉折，又要轉車又剩，熱辣辣喺條街度推住個篋行嚟行去，不如一早坐的士啦！」於是我拿出手機查了一下的士APP，看看從機場到酒店的車費。我之前相信他的說話不搭的士，還以為車費很昂貴，結果一查才知道，原來只需約1600円，即大概港幣80元，而且是兩個人的費用！我當下說：「原來咁鬼平，早知唔信你啦，嘥晒啲時間同體力，回程我會叫的士㗎喇！我唔介意俾晒錢㗎。」

不過說到底，一起去旅行，各人有不同的消費價值觀，你覺得值得，別人未必認同，這是很平常的事。

我和這位朋友非常熟絡，但原來再熟的朋友，一起旅行後才會更了解彼此的價值觀。

接下來幾天，我觀察到更多細節。

原來這位朋友在消費方面很有自己的態度，衣食住行，他最願意花錢的是「衣」。只要看到價格比香港便宜許多的名牌服飾、手袋、銀包，他便毫不猶豫，花幾千、幾萬元都毫不手軟。而對「食」、「住」、「行」他卻十分「慳家」。他跟我分析說：吃、住、行的體驗，你享受過後就消失了；奢侈品則不同，可以穿着、拿着，自我滿足之餘，還能炫耀！

我終於明白，為何有些人買名牌時，要把大大的牌子標誌戴在身上，他們覺得這樣才好看；相反，有些人即使使用名牌，也偏好低調的牌子標誌。這就好像近年流行的一句話：iykyk，「If you know, you know.」（懂的人就會懂。）

回程時由酒店前往機場，我當然選擇搭的士。那幾十元的車費，不論朋友有沒有與我分擔我都不在意。更重要是，從我的價值觀來看，有些事物享受過、體驗過，比起花數千元買一個名牌銀包，可能更加「超值」。

度日如秒

#容祖兒 #時間的錯

近年來，我聽到最多的一句話是：「嘩！今年真係過得好快！」這麼多年來，聽得最多這句話的，是剛過去的2024年，幾乎身邊每個人都是這樣說。究竟為什麼會這樣呢？

是否人愈大，就愈會感覺到時間飛逝？

回想起小時候讀書的年代，每年九月開學，然後到年底放聖誕假和農曆新年假，接着再讀半年書便到暑假。暑假結束後，又是一個新學年。讀書時期，每一年都有一個非常規律的行程，讓我們感受時間的流逝。不知道是否因為這樣，讀書時期的每一年，都感覺比踏入社會工作後的過得慢。投身社會工作後，沒了年底的聖誕假、農曆新年假和暑假這些時間指標，相對來說，我們才覺得時間過得更快。有人說這可能是原因，當然這沒有真正的定論。

有些New　Age朋友說，因為我們踏入了什麼什麼時代，雖然每天仍然是時鐘面上的二十四小時，但感覺上比起以前，時間比二十四小時少了很多。當然這也沒有真正的定論。

科學家多年來進行了許多不同種類關於時間的實驗，例如篩選一些人，讓他們走進地下洞穴，在無日無夜的環境之下生活，一段時間後當他們重見天日時，就詢問他們感覺過了多少天，他們的回答都遠少於真正的天數。這意味着，當我們生活在一個沒有時間體制、沒有日與夜之分的環境中，日常生活的節奏一定會顛覆。所以那些流落荒島的電影中，每個主角都會在石頭上標記自己在荒島上看到太陽下山，度過了多少天。

無論如何，我深信我們對時間流逝的感覺是主觀的。所謂「快樂不知時日過」，似乎是對的。特別是旅行時，如果每天不必遵守特定的行程，加上吃得開心、玩得盡興，往往感覺時間過得特別快。

我曾經有一次失戀後去旅行，因為一早與他一起預約了所有東西，他不去，我又不想浪費錢，便獨自出發了。那次旅行是去夏威夷，還是一個悠長假期。我獨自在餐廳用餐，卻食不知味；獨自在街上漫無目的地閒逛，或看着美麗的自然風景，卻只會不停哭泣，不斷想若能與對方一同在這裏欣賞景色就好了；晚上獨自到酒吧喝了半杯酒便離開，一點興致也沒有。

只是過了兩三天這樣的日子，我就覺得度日如年，這次旅程還有很多天，這樣下去實在不行！於是我想到一個方法，每天預約不同有行程表的活動，將行程塞滿——今天學潛水、明天行森林、後天玩激流、大後天看火山……如是者，我迫自己每一天用不同的活動填滿自己失落的時間。雖然內心依舊痛苦，但表面上的生活充實了，時間都感到過得快了。

當時我用的這個方法，雖然不見得人人適用，萬試萬靈，但我確實感覺有點功效，可能是因為我懂得身體力行，用活動來欺騙自己對時間的感覺。如今回想，如果再遇到同樣情況，我一定會放棄那次旅行，錢就由它白白浪費就算了！

我們經常說要珍惜時間，什麼「一寸光陰一寸金」，但當我們希望時間快點過去時，原來是要欺騙自己的感覺。我覺得這樣很不值得！

因果報應

#梁詠琪 #因果

有一位朋友向我講述了以下的故事：

他一直跟同一家酒商訂酒，訂購的酒會直接送到家門口。最近這家酒商更換了運輸公司，經常搞錯運送時間。他曾向酒商表達不滿，酒商無奈地道歉過，但運輸公司依然持續出錯。

屢次投訴無效後，最近又發生了一件事：他訂購了一批紅酒，但運輸公司再次弄錯送貨時間，比預定時間晚了一天才送到。雖然他不太在意，又不急着飲用，但他仍非常氣憤，為何無論怎樣投訴，對方仍然不斷出錯！當他準備WhatsApp酒商投訴時，突然發現這批紅酒的數量竟然比他訂購的多了一倍，但他付的錢則沒有雙倍，顯然中間有人搞錯了訂單，導致他賺了一倍的紅酒。

他當時心生歪念，決定不投訴了，心想既然賺到了，就當作懲罰那間運輸公司送錯時間，或者懲罰酒商繼續與這家運輸公司合作。總之事情就這樣算了。

一個星期後，我朋友的貓突然生病，需要看急症。他四處奔波，花了一筆錢，幸好貓咪沒事，而治療貓咪的費用剛好相當於他之前以為賺到的那一倍紅酒的價錢。

他回想起來，覺得有時候突然獲得的不義之財，或者因心存歪念而不誠實得到的東西，就等如高買。

始終會有因果報應！不幸的是，貓咪也受了某程度上的痛苦。

人在做，天在看。這位朋友一向不是不誠實的人。他當刻心生歪念，是因為他真的很不滿酒商，或不滿他們聘請的運輸公司。不管怎樣，做了壞事、不誠實的事，都會有因果報應的可能。而那隻貓，雖然拾回性命，但突然要受到病痛折磨。我和這位朋友討論後得出結論，這隻貓是他領養回來的，這隻貓的生命或許在某種程度上，都是為了要報答救回牠性命的主人。

無論如何，就看你是否相信因果報應了。

攝太歲

#劉德華 #觀世音

不知道從多少年前開始，我相信至少有十年了，我那個八婆兼神婆的大家姐說我那年犯太歲，從那時候開始，每年農曆新年後，我和幾個在香港居住的兄弟姐妹，都會有一個周末活動，就是一起去拜太歲。

這個活動通常是在年初七或者新十五之後進行，等太歲廟沒有那麼人多擠迫時，我們就會約齊幾個人，很輕鬆地拜太歲和聯誼。

我們一行人會約在某個地鐵站等候，然後通常由哥哥開車，一車坐滿人，前往大埔一間仙館進行這個活動。

從市區開車去大埔大約四十分鐘車程，通常在車上我們都有講有笑，閒話家常，甚至會聊一些自身的秘密。這種感覺比起平時已有的大家庭聚會，幾十個大人小孩吃喝玩樂、打麻將耍樂，來得更親切、貼心、窩心。

到了仙館，我們先吃一頓全齋宴，然後在這個很大的仙館裏散步，欣賞園林實景、盆栽景物，去幾間不同的廟宇上香，之後就會抵達太歲廟，開始真正的拜太歲。

拜完之後，我們會去仙館後面的一個中小型市集。那裏有很多小販擺檔，主要是大埔的農夫，賣一些本地種的蔬菜和水果等。我每年必買的有菜脯、菜乾、梅菜、煲湯包和一些醃製的乾果類小吃，就是那些俗稱「鹹濕嘢」。這些「鹹濕嘢」，余德丞和Do姐都很喜歡吃，所以我會多買一些帶回去。

最有趣的是，上個星期六我和家人一起去了拜太歲，到了市集，有一家我常常光顧的攤檔，老闆娘一看到我就說：「我年初七之後就一路望住嗰個門口，跟住睇吓你幾時嚟。上年你冇嚟，終於今年等到你啦！」

我說：「係呀，上年農曆年過後太忙，冇嚟到，叫人幫我去拜咗太歲。」我覺得這件事很窩心，給我們拜太歲的活動增添了甜蜜的感覺，所以那天我買了很多「鹹濕嘢」和菜脯、菜乾。

回程時，哥哥開車中途問我：「唔係犯太歲嗰年先要嚟攝太歲嘅咩？點解你年年都嚟嘅？」

我跟他講了以下的故事：

我有一位認識多年的朋友，從大學畢業後認識至今。最初的五、六年我們經常見面，交情好得常常一起去旅行。後來他結婚，又有了孩子，雖然感情上我們並沒有疏遠，但時間上就少了很多見面的機會。這是必然會發生的事情，我也不會感到可惜。

之後那幾年，我們逐漸變成偶爾WhatsApp對方，問候彼此近況的關係；再後來變成他需要我幫忙時才會主動聯絡我。

我沒有感到不快，能幫的話我也會幫。但我想，其實在我內心深處，我不想自己成為這種朋友，即無事不登三寶殿的人。我認為要尊重朋友的這種態度，可以已成為我潛意識的一部分。真心掛念、尊重你，有心維繫一段情誼，不應該只有有事時才聯絡你！

這件事就好比我去攝太歲一樣，如果我尊重和尊敬這位神明，我便不應該只在自己犯太歲那年才來拜見。這樣的行為，我覺得很功利！所以我就每年都去拜太歲，無論當年是否犯太歲。

我不知道這樣的想法對不對，直到最近我做了一個節目，和一位師傅談起我的心態，師傅說：「你其實咁樣做係非常之好，都好希望其他人都係咁諗！」

聽完師傅的話，我的感悟是：凡事將心比心，你希望別人怎麼對你，你就應該怎麼對別人，這心態在很多情況下都是對的！

作者：余迪偉
助理出版經理：陳思齊
責任編輯：蕭嘉敏
出版：日閱堂出版社
發行：明報出版社有限公司
香港柴灣嘉業街18號
明報工業中心A座15樓
電話：2595 3215
傳真：2898 2646
網址：books.mingpao.com/
電子郵箱：mpp@mingpao.com
版次：二〇二五年七月初版
ISBN：978-988-8925-04-9
承印：美雅印刷製本有限公司
特別鳴謝：商業電台，叱咤903